La Comédie De La Mort

Théophile Gautier

LA COMÉDIE DE LA MORT

PAR THÉOPHILE GAUTIER.

PORTAIL.

Ne trouve pas étrange, homme du monde, artiste,
Qui que tu sois, de voir par un portail si triste
S'ouvrir fatalement ce volume nouveau.
Hélas! tout monument qui dresse au ciel son faîte,
Enfonce autant les pieds qu'il élève la tête.
Avant de s'élancer tout clocher est caveau,
En bas, l'oiseau de nuit, l'ombre humide des tombes;
En haut, l'or du soleil, la neige des colombes,
Des cloches et des chants sur chaque soliveau;
En haut, les minarets et les rosaces frêles,
Où les petits oiseaux s'enchevêtrent les ailes,
Les anges accoudés portant des écussons;
L'acanthe et le lotus ouvrant sa fleur de pierre
Comme un lis séraphique au jardin de lumière;

En bas, l'arc surbaissé, les lourds piliers saxons;
Les chevaliers couchés de leur long, les mains jointes,
Le regard sur la voûte et les deux pieds en pointes;
L'eau qui suinte et tombe avec de sourds frissons.
Mon oeuvre est ainsi faite, et sa première assise
N'est qu'une dalle étroite et d'une teinte grise
Avec des mots sculptés que la mousse remplit.
Dieu fasse qu'en passant sur cette pauvre pierre,
Les pieds des pèlerins n'effacent pas entière
Cette humble inscription et ce nom qu'on y lit.
Pâles ombres des morts, j'ai pour vos promenades,
Filé patiemment la pierre en colonnades;

Dans mon CampoSanto je vous ai fait un lit!
Vous avez près de vous, pour compagnon fidèle,
Un ange qui vous fait un rideau de son aile,
Un oreiller de marbre et des robes de plomb.
Dans le jaspe menteur de vos tombes royales,
On voit s'entrebaiser les soeurs théologales
Avec leur auréole et leur vêtement long.

De beaux enfants tout nus, baissant leur torche éteinte, poussent autour de vous leur éternelle plainte; Un lévrier sculpté vous lèche le talon.

L'arabesque fantasque, après les colonnettes,
Enlace ses rameaux et suspend ses clochettes
Comme après l'espalier fait une vigne en fleur.
Aux reflets des vitraux la tombe réjouie,
Sous cette floraison toujours épanouie,
D'un air doux et charmant sourit à la douleur.
La mort fait la coquette et prend un ton de reine,
Et son front seulement sous ses cheveux d'ébène,

Comme un charme de plus garde un peu de pâleur.
Les émaux les plus vifs scintillent sur les armes,
L'albâtre s'attendrit et fond en blanches larmes;
Le bronze semble avoir perdu sa dureté.
Dans leur lit les époux sont arrangés par couples,
Leurs têtes font ployer les coussins doux et souples,
Et leur beauté fleurit dans le marbre sculpté.
Ce ne sont que festons, dentelles et couronnes,
Trèfles et pendentifs et groupes de colonnes
Où rit la fantaisie en toute liberté.
Aussi bien qu'un tombeau, c'est un lit de parade,
C'est un trône, un autel, un buffet, une estrade;

C'est tout ce que l'on veut selon ce qu'on y voit.
Mais pourtant si poussé de quelque vain caprice,
Dans la nef, vers minuit, par la lune propice,
Vous alliez soulever le couvercle du doigt,
Toujours vous trouveriez, sous cette architecture,
Au milieu de la fange et de la pourriture
Dans le suaire usé le cadavre tout droit,
Hideusement verdi, sans rayon de lumière,
Sans flamme intérieure illuminant la bière
Ainsi que l'on en voit dans les Christs aux tombeaux.

Entre ses maigres bras, comme une tendre épouse,
La mort les tient serrés sur sa couche jalouse
Et ne lâcherait pas un seul de leurs lambeaux.
A peine, au dernier jour, lèveronttils la tête
Quand les cieux trembleront au cri de la trompette

Et qu'un vent inconnu soufflera les flambeaux.
Après le jugement, l'ange en faisant sa ronde
Retrouvera leurs os sur les débris du monde;
Car aucun de ceuxlà ne doit ressusciter.
Le Christ luimême irait comme il fit au Lazare
Leur dire: Levezvous! que le sépulcre avare
Ne s'entr'ouvrirait pas pour les laisser monter.

Mes vers sont les tombeaux tout brodés de sculptures,
Ils cachent un cadavre, et sous leurs fioritures
Ils pleurent bien souvent en paraissant chanter.
Chacun est le cercueil d'une illusion morte;
J'enterre là les corps que la houle m'apporte
Quand un de mes vaisseaux a sombré dans la mer;
Beaux rêves avortés, ambitions déçues,
Souterraines ardeurs, passions sans issues,
Tout ce que l'existence a d'intime et d'amer.
L'océan tous les jours me dévore un navire,
Un récif, près du bord, de sa pointe déchire
Leurs flancs doublés de cuivre et leur quille de fer.

Combien j'en ai lancé plein d'ivresse et de joie
Si beaux et si coquets sous leurs flammes de soie.
Que jamais dans le port mes yeux ne reverront!
Quels passagers charmants, têtes fraîches et rondes,
Désirs aux seins gonflés, espoirs, chimères blondes;
Que d'enfants de mon coeur entassés sur le pont!
Le flot a tout couvert de son linceul verdâtre,
Et les rougeurs de rose, et les pâleurs d'albâtre,
Et l'étoile et la fleur éclose à chaque front.
Le flux jette à la côte entre le corps du phoque,
Et les débris de mâts que la vague entrechoque,

Mes rêves naufragés tout gonflés et tout verts;
Pour ces chercheurs d'un monde étrange et magnifique,
Colombs qui n'ont pas su trouver leur Amérique,
En funèbres caveaux creusezvous, ô mes vers!
Puis montez hardiment comme les cathédrales,
Allongezvous en tours, tordezvous en spirales,
Enfoncez vos pignons au coeur des cieux ouverts.
Vous, oiseaux de l'amour et de la fantaisie,

Sonnets, ô blancs ramiers du ciel de poésie,
Posez votre pied rose au toit de mon clocher.
Messagères d'avril, petites hirondelles,
Ne fouettez pas ainsi les vitres à coups d'ailes,
J'ai dans mes basreliefs des trous où vous nicher;
Mes vierges vous prendront dans un pli de leur robe,
L'empereur tout exprès laissera choir son globe,
Le lotus ouvrira son coeur pour vous cacher.
J'ai brodé mes réseaux des dessins les plus riches, Évidé mes piliers, mis des saints dans
mes niches, Posé mon buffet d'orgue et peint ma voûte en bleu.

J'ai prié saint Éloi de me faire un calice;
Le roi mage Gaspard, pour le saint sacrifice,
M'a donné le cinname et le charbon de feu.
Le peuple est à genoux, le chapelain s'affuble
Du brocart radieux de la lourde chasuble;
L'église est toute prête; y viendrezvous, mon Dieu?
LA COMÉDIE DE LA MORT.

LA VIE DANS LA MORT.

I.

C'était le jour des morts: Une froide bruine
Au bord du ciel rayé, comme une trame fine,
    Tendait ses filets gris;
Un vent de nord sifflait; quelques feuilles rouillées
Quittaient en frissonnant les cimes dépouillées
    Des ormes rabougris;
Et chacun s'en allait dans le grand cimetière,
Morne, s'agenouiller sur le coin de la pierre
    Qui recouvre les siens,
Prier Dieu pour leur âme, et, par des fleurs nouvelles,
Remplacer en pleurant les pâles immortelles
    Et les bouquets anciens.
Moi, qui ne connais pas cette douleur amère,
D'avoir couché làbas ou mon père ou ma mère
    Sous les gazons flétris,
Je marchais au hasard, examinant les marbres,
Ou, par une échappée, entre les branches d'arbres,
    Les dômes de Paris;

Et, comme je voyais bien des croix sans couronne,
Bien des fosses dont l'herbe était haute, où personne
    Pour prier ne venait,
Une pitié me prit, une pitié profonde
De ces pauvres tombeaux délaissés, dont au monde
    Nul ne se souvenait.
Pas un seul brin de mousse à tous ces mausolées,
Cependant, et des noms de veuves désolées,
    D'époux désespérés,
Sans qu'un gramen voilât leurs majuscules noires
Étalaient hardiment leurs mensonges notoires
    A tous les yeux livrés.
Ce spectacle me fit sourdre au coeur une idée
Dont j'ai, depuis ce temps, toujours l'âme obsédée.
    Si c'était vrai, les morts
Tordraient leurs bras noueux de rage dans leur bière
Et feraient pour lever leurs couvercles de pierre
    D'incroyables efforts!

Peutêtre le tombeau n'estil pas un asile
Où, sur son chevet dur, on puisse enfin tranquille
Dormir l'éternité,
Dans un oubli profond de toute chose humaine,
Sans aucun sentiment de plaisir ou de peine
D'être ou d'avoir été.
Peutêtre n'aton pas sommeil! Et quand la pluie
Filtre jusques à vous, l'on a froid, l'on s'ennuie
Dans sa fosse tout seul.
Oh! que l'on doit rêver tristement dans ce gîte
Où pas un mouvement, pas une onde n'agite
Les plis droits du linceul!
Peutêtre aux passions qui nous brûlaient, émue,
La cendre de nos coeurs vibre encore et remue
Pardelà le tombeau,

Et qu'un ressouvenir de ce monde dans l'autre,
D'une vie autrefois enlacée à la nôtre,
Traîne quelque lambeau.
Ces morts abandonnés sans doute avaient des femmes,
Quelque chose de cher et d'intime; des âmes
Pour y verser la leur;
S'ils étaient éveillés au fond de cette tombe,
Où jamais une larme avec des fleurs ne tombe,
Quelle affreuse douleur!

Sentir qu'on a passé sans laisser plus de marque
Qu'au dos de l'océan le sillon d'une barque;
Que l'on est mort pour tous;
Voir que vos mieux aimés si vite vous oublient,
Et qu'un saule pleureur aux longs bras qui se plient
Seul se plaigne sur vous.
Au moins, si l'on pouvait, quand la lune blafarde,
Ouvrant ses yeux sereins aux cils d'argent regarde
Et jette un reflet bleu
Autour du cimetière, entre les tombes blanches,
Avec le feu follet dans l'herbe et sous les branches,
Se promener un peu!
S'en revenir chez soi, dans la maison, théâtre
De sa première vie, et frileux, près de l'âtre,
S'asseoir dans son fauteuil,

Feuilleter ses bouquins et fouiller son pupitre
Jusqu'au moment où l'aube illuminant la vitre,
Vous renvoie au cercueil.
Mais non; il faut rester sur son lit mortuaire,
N'ayant pour se couvrir que le lin du suaire,
N'entendant aucun bruit,
Sinon le bruit du ver qui se traîne et chemine
Du côté de sa proie, ouvrant sa sourde mine,
Ne voyant que la nuit.

Puis, s'ils étaient jaloux, les morts, tout ce que Dante
A placé de tourments dans sa spirale ardente
Près des leurs seraient doux.
Amants, vous qui savez ce qu'est la jalousie,
Ce qu'on souffre de maux à cette frénésie,
Un cadavre jaloux!
Impuissance et fureur! Être là, dans sa fosse,
Quand celle qu'on aimait de tout son amour, fausse
Aux beaux serments jurés,
En se raillant de vous, dans d'autres bras répète
Ce qu'elle vous disait, rouge et penchant la tête
Avec des mots sacrés.

Et ne pouvoir venir, quelque nuit de décembre,
Pendant qu'elle est au bal, se tapir dans sa chambre,
Et lorsque, de retour,
Rieuse, elle défait au miroir sa toilette,
Dans le cristal profond réfléchir son squelette
Et sa poitrine à jour,
Riant affreusement, d'un rire sans gencive,
Marbrer de baisers froids sa gorge convulsive,
Et, tenaillant sa main,
Sa main blanche et rosée avec sa main osseuse,
Faire râler ces mots d'une voix caverneuse
Qui n'a plus rien d'humain:
«Femme, vous m'avez fait des promesses sans nombre.
Si vous oubliez, vous, dans ma demeure sombre,
Moi je me ressouviens.
Vous avez dit à l'heure où la mort me vint prendre,
Que vous me suivriez bientôt; lassé d'attendre,
Pour vous chercher je viens!»

Dans un repli de moi, cette pensée étrange
Est là comme un cancer qui m'use et qui me mange;
Mon oeil en devient creux;
Sur mon front nuager de nouveaux plis se fouillent,
De cheveux et de chair mes tempes se dépouillent,
Car ce serait affreux!
La mort ne serait plus le remède suprême;
L'homme, contre le sort, dans la tombe ellemême
N'aurait pas de recours,
Et l'on ne pourrait plus se consoler de vivre,
Par l'espoir tant fêté du calme qui doit suivre
L'orage de nos jours.

II.

Dans le fond de mon âme, agitant ma pensée,
Je restais là rêveur et la tête baissée
Debout contre un tombeau.
C'était un marbre neuf, et sur la blanche épaule
D'un génie éploré, les longs cheveux d'un saule
Tombaient comme un manteau.
La bise feuille à feuille emportait la couronne
Dont les débris jonchaient le fût de la colonne;
On aurait dit les pleurs
Que sur la jeune fille, au printemps moissonnée,
Pauvre fleur du matin, avant midi fanée,
Versaient les autres fleurs.

La lune entre les ifs faisait luire sa corne;
De grands nuages noirs couraient sur le ciel morne
Et passaient par devant;
Les feux follets valsaient autour du cimetière,
Et le saule pleureur secouait sa crinière
Éparpillée au vent.
On entendait des bruits venus de l'autre monde,
Des soupirs de terreur et d'angoisse profonde,
Des voix qui demandaient
Quand donc à leurs tombeaux l'on mettrait des fleurs neuves,
Comment allait la terre, et pourquoi donc leurs veuves
Aussi longtemps tardaient?

Tout à coup... j'ose à peine en croire mon oreille,
Sous le marbre entr'ouvert, ô terreur! ô merveille!
J'entendis qu'on parlait.
C'était un dialogue, et, du fond de la fosse,
A la première voix, une voix aigre et fausse
Par instant se mêlait.
Le froid me prit. Mes dents d'épouvante claquèrent;
Mes genoux chancelants sous moi s'entrechoquèrent.
Je compris que le ver
Consommait son hymen avec la trépassée,
Eveillée en sursaut dans sa couche glacée,
Par cette nuit d'hiver.

LA TRÉPASSÉE.

Estce une illusion? Cette nuit tant rêvée,
La nuit du mariage elle est donc arrivée?
C'est le lit nuptial.
Voici l'heure où l'époux, jeune et parfumé, cueille
La beauté de l'épouse, et sur son front effeuille
L'oranger virginal.

LE VER.

Cette nuit sera longue, ô blanche trépassée,
Avec moi, pour toujours, la mort t'a fiancée;
Ton lit c'est le tombeau.
Voici l'heure où le chien contre la lune aboie,
Où le pâle vampire erre et cherche sa proie,
Où descend le corbeau.

LA TRÉPASSÉE.

Mon bienaimé, viens donc! l'heure est déjà passée
Oh! tiensmoi sur ton coeur, entre tes bras pressée.
J'ai bien peur, j'ai bien froid.
Réchauffe à tes baisers ma bouche qui se glace.
Oh! viens, je tâcherai de te faire une place
Car le lit est étroit!

LE VER.

Cinq pieds de long sur deux de large. La mesure
Est prise exactement; cette couche est trop dure,
L'époux ne viendra pas.
Il n'entend pas tes cris. Il rit dans quelque fête.
Allons, sur ton chevet repose en paix ta tête
Et recroise tes bras.

LA TRÉPASSÉE.

Quel est donc ce baiser humide et sans haleine,
Cette bouche sans lèvres estce une bouche humaine,
Estce un baiser vivant?

O prodige! A ma droite, à ma gauche, personne.
Mes os craquent d'horreur, toute ma chair frissonne
Comme un tremble au grand vent.

LE VER.

Ce baiser c'est le mien: je suis le ver de terre;
Je viens pour accomplir le solennel mystère.
J'entre en possession;
Me voilà ton époux, je te serai fidèle.
Le hibou tout joyeux fouettant l'air de son aile
Chante notre union.

LA TRÉPASSÉE.

Oh! si quelqu'un passait auprès du cimetière!
J'ai beau heurter du front les planches de ma bière,
Le couvercle est trop lourd!
Le fossoyeur dort mieux que les morts qu'il enterre.
Quel silence profond! la route est solitaire;
L'écho luimême est sourd.

LE VER.

A moi tes bras d'ivoire, à moi ta gorge blanche,
A moi tes flancs polis avec ta belle hanche
A l'ondoyant contour;
A moi tes petits pieds, ta main douce et ta bouche,
Et ce premier baiser que ta pudeur farouche
Refusait à l'amour.

LA TRÉPASSÉE.

C'en est fait! c'en est fait! Il est là! sa morsure
M'ouvre au flanc une lame et profonde blessure;
Il me ronge le coeur.
Quelle torture! O Dieu, quelle angoisse cruelle!
Mais que faitesvous donc lorsque je vous appelle,
O ma mère, ô ma soeur?

LE VER.

Dans leur âme déjà ta mémoire est fanée,
Et pourtant sur ta fosse, ô pauvre abandonnée,
L'oranger est tout frais.
La tenture funèbre à peine repliée,
Comme un songe d'hier elles t'ont oubliée,
Oubliée à jamais.

LA TRÉPASSÉE.

L'herbe pousse plus vite au coeur que sur la fosse;
Une pierre, une croix, le terrain qui se hausse,
Disent qu'un mort est là.
Mais quelle croix fait voir une tombe dans l'âme!
Oubli! seconde mort, néant que je réclame,
Arrivez, me voilà!

LE VER.

Consoletoi.La mort donne la vie.Eclose
A l'ombre d'une croix l'églantine est plus rose
Et le gazon plus vert.
La racine des fleurs plongera sous tes côtes;
A la place où tu dors les herbes seront hautes;
Aux mains de Dieu tout sert!
Un mort qu'ils réveillaient les pria de se taire;
Un pâle éclair parti non du ciel mais de terre
Me fit dans leurs tombeaux
Voir tous les trépassés cadavres ou squelettes,
Avec leurs os jaunis ou leurs chairs violettes,
S'en allant par lambeaux;

Les jeunes et les vieux, peuple du cimetière,
Pauvres morts oubliés n'entendant sur leur pierre
Gémir que l'ouragan,
Et dévorés d'ennui dans leur froide demeure,
De leurs yeux sans regard cherchant à savoir l'heure
A l'éternel cadran.
Puis tout devint obscur, et je repris ma route,
Pâle d'avoir tant vu, plein d'horreur et de doute,

L'esprit et le corps las;
Et me suivant partout, mille cloches fêlées,
Comme des voix de mort me jetaient par volées
Les râlements du glas.

III.

Et je rentrai chez moi.De lugubres pensées
Tournaient devant mes yeux sur leurs ailes glacées
    Et me rasaient le front.
Comme on voit sur le soir autour des cathédrales,
Des essaims de corbeaux dérouler leurs spirales
    Et voltiger en rond.
Dans ma chambre, où tremblait une jaune lumière,
Tout prenait une forme horrible et singulière,
    Un aspect effrayant.
Mon lit était la bière et ma lampe le cierge,
Mon manteau déployé le drap noir qu'on asperge
    Sous la porte en priant.

Dans son cadre terni, le pâle Christ d'ivoire
Cloué les bras en croix sur son étoffe noire,
    Redoublait de pâleur;
Et comme au Golgotha, dans sa dure agonie,
Les muscles en relief de sa face jaunie
    Se tordaient de douleur.
Les tableaux ravivant leurs nuances éteintes
Aux reflets du foyer prenaient d'étranges teintes,
    Et, d'un air curieux,
Comme des spectateurs aux loges d'un théâtre,
Vieux portraits enfumés, pastels aux tons de plâtre,
    Ouvraient tout grands leurs yeux.

Une tête de mort sur nature moulée
Se détachait en blanc, grimaçante et pelée,
    Sous un rayon blafard.
Je la vis s'avancer au bord de la console;
Ses mâchoires semblaient rechercher leur parole
    Et ses yeux leur regard.
De ses orbites noirs où manquaient les prunelles,
Jaillirent tout à coup de fauves étincelles
    Comme d'un oeil vivant.
Une haleine passa par ses dents déchaussées...
Les rideaux à plis droits tombaient sur les croisées;
    Ce n'était pas le vent.
Faible comme ces voix que l'on entend en rêve,

Triste comme un soupir des vagues sur la grève
J'entendis une voix.
Or, comme ce jourlà j'avais vu tant de choses,
Tant d'effets merveilleux dont j'ignorais les causes,
J'eus moins peur cette fois.

RAPHAEL.

Je suis le Raphaël, le Sanzio, le grand maître!
O frère, dislemoi, peuxtu me reconnaître
Dans ce crâne hideux?
Car je n'ai rien parmi ces plâtres et ces masques,
Tous ces crânes luisants, polis comme des casques,
Qui me distingue d'eux.
Et pourtant c'est bien moi! Moi, le divin jeune homme,
Le roi de la beauté, la lumière de Rome,
Le Raphaël d'Urbin!
L'enfant aux cheveux bruns qu'on voit aux galeries,
Mollement accoudé, suivre ses rêveries,
La tête dans sa main.

O ma Fornarina! ma blanche bien aimée,
Toi qui dans un baiser pris mon âme pâmée
Pour la remettre au ciel;
Voilà donc ton amant, le beau peintre au nom d'ange,
Cette tête qui fait une grimace étrange:
Eh bien, c'est Raphaël!
Si ton ombre endormie au fond de la chapelle
S'éveillait et venait à ma voix qui t'appelle,
Oh! je te ferais peur!
Que le marbre entr'ouvert sur ta tête retombe.
Ne viens pas! ne viens pas et garde dans ta tombe
Le rêve de ton coeur.

Analyseurs damnés, abominable race,
Hyènes qui suivez le cortége à la trace
Pour déterrer le corps;
Aurezvous bientôt fait de déclouer les bières,
Pour mesurer nos os et peser nos poussières;
Laissez dormir les morts!
Mes maîtres, savezvous, qui donc a pu le dire?

Ce qu'on sent quand la scie avec ses dents déchire
Nos lambeaux palpitants.
Savezvous si la mort n'est pas une autre vie,
Et si quand leur dépouille à la tombe est ravie
Les aïeux sont contents?
Ah! vous venez fouiller de vos ongles profanes
Nos tombeaux violés, pour y prendre nos crânes,
Vous êtes bien hardis.
Ne craignez vous donc pas qu'un beau jour, pâle et blême,
Un trépassé se lève et vous dise: Anathème!
Comme je vous le dis.

Vous imaginez donc, dans cette pourriture,
Surprendre les secrets de la mère nature
Et le travail de Dieu?
Ce n'est pas par le corps qu'on peut comprendre l'âme.
Le corps n'est que l'autel, le génie est la flamme;
Vous éteignez le feu!
O mes EnfantsJésus! O mes brunes madones!
O vous qui me devez vos plus fraîches couronnes,
Saintes du paradis!
Les savants font rouler mon crâne sur la terre,
Et vous souffrez cela sans prendre le tonnerre,
Sans frapper ces maudits!

Il est donc vrai! Le ciel a perdu sa puissance.
Le Christ est mort, le siècle a pour Dieu, la science,
Pour foi, la liberté.
Adieu les doux parfums de la rose mystique;
Adieu l'amour; adieu la poésie antique;
Adieu sainte beauté!

Vos peintres auront beau, pour voir comme elle est faite,
Tourner entre leurs mains et retourner ma tête,
Mon secret est à moi.
Ils copieront mes tons, ils copieront mes poses,
Mais il leur manquera ce que j'avais, deux choses,
L'amour avec la foi!
Dites qui d'entre vous, fils de ce siècle infâme,
Peut rendre saintement la beauté de la femme;
Aucun, hélas! aucun.

Pour vos petits boudoirs, il faut des priapées;
Qui vous jette un regard, ô mes vierges drapées,
O mes saintes! Pas un.
L'aiguille a fait son tour. Votre tâche est finie,
Comme un pâle vieillard le siècle à l'agonie
Se lamente et se tord.
L'ange du jugement embouche la trompette
Et la voix va crier: Que justice soit faite,
Le genre humain est mort!
Je n'entendis plus rien. L'aube aux lèvres d'opale,
Tout endormie encor, sur le vitrage pâle
Jetait un froid rayon,
Et je vis s'envoler, comme on voit quelque orfraye,
Que sous l'arceau gothique une lueur effraye,
L'étrange vision!
LA MORT DANS LA VIE.

IV.

La mort est multiforme, elle change de masque
Et d'habit plus souvent qu'une actrice fantasque;
Elle sait se farder,
Et ce n'est pas toujours cette maigre carcasse,
Qui vous montre les dents et vous fait la grimace
Horrible à regarder.
Ses sujets ne sont pas tous dans le cimetière,
Ils ne dorment pas tous sur des chevets de pierre
A l'ombre des arceaux;
Tous ne sont pas vêtus de la pâle livrée,
Et la porte sur tous n'est pas encor murée
Dans la nuit des caveaux.

Il est des trépassés de diverse nature,
Aux uns la puanteur avec la pourriture,
Le palpable néant,
L'horreur et le dégoût, l'ombre profonde et noire,
Et le cercueil avide entr'ouvrant sa mâchoire
Comme un monstre béant.
Aux autres, que l'on voit sans qu'on s'en épouvante
Passer et repasser dans la cité vivante
Sous leur linceul de chair,
L'invisible néant, la mort intérieure
Que personne ne sait, que personne ne pleure,
Même votre plus cher.
Car, lorsque l'on s'en va dans les villes funèbres
Visiter les tombeaux inconnus ou célèbres,
De marbre ou de gazon;
Qu'on ait ou qu'on n'ait pas quelque paupière amie
Sous l'ombrage des ifs à jamais endormie,
Qu'on soit en pleurs ou non,

On dit: Ceuxlà sont morts. La mousse étend son voile
Sur leurs noms effacés; le ver file sa toile
Dans le trou de leurs yeux;
Leurs cheveux ont percé les planches de la bière,
A côté de leurs os, leur chair tombe en poussière
Sur les os des aïeux.
Leurs héritiers, le soir, n'ont plus peur qu'ils reviennent;

C'est à peine à présent si leurs chiens s'en souviennent.
Enfumés et poudreux,
Leurs portraits adorés traînent dans les boutiques,
Leurs jaloux d'autrefois font leurs panégyriques;
Tout est fini pour eux.
L'ange de la douleur, sur leur tombe en prière,
Est seul à les pleurer de ses larmes de pierre.
Comme le ver leur corps,
L'oubli ronge leur nom avec sa lune sourde;
Ils ont pour draps de lit six pieds de terre lourde.
Ils sont morts! et bien morts!

Et peutêtre une larme à votre âme échappée
Sur leur cendre, de pluie et de neige trempée,
Filtre insensiblement.
Qui les va réjouir dans leur triste demeure;
Et leur coeur desséché, comprenant qu'on les pleure,
Retrouve un battement.
Mais personne ne dit, voyant un mort de l'âme:
Paix et repos sur toi! L'on refuse à la lame
Ce qu'on donne au fourreau;
L'on pleure le cadavre et l'on panse la plaie,
L'âme se brise et meurt sans que nul s'en effraie
Et lui dresse un tombeau.

Et cependant il est d'horribles agonies
Qu'on ne saura jamais; des douleurs infinies
Que l'on n'aperçoit pas.
Il est plus d'une croix au calvaire de l'âme
Sans l'auréole d'or, et sans la blanche femme
Echevelée au bas.
Toute âme est un sépulcre où gisent mille choses;
Des cadavres hideux dans des figures roses
Dorment ensevelis.
On retrouve toujours les larmes sous le rire,
Les morts sous les vivants, et l'homme est à vrai dire
Une Nécropolis.
Les tombeaux déterrés des vieilles cités mortes,
Les chambres et les puits de la Thèbe aux cent portes
Ne sont pas si peuplés,
On n'y rencontre pas de plus affreux squelettes,

Un plus vaste fouillis d'ossements et de têtes
Aux ruines mêlés.
L'on en voit qui n'ont pas d'épitaphe à leurs tombes,
Et de leurs trépassés font comme aux catacombes
Un grand entassement;
Dont le coeur est un champ uni, sans croix ni pierres,
Et que l'aveugle Mort de diverses poussières
Remplit confusément.

D'autres, moins oublieux, ont des caves funèbres
Où sont rangés leurs morts, comme celles des Guèbres
Ou des Égyptiens;
Tout autour de leur coeur sont debout les momies,
Et l'on y reconnaît les figures blêmies
De leurs amours anciens.
Dans un pur souvenir chastement embaumée
Ils gardent au fond d'eux l'âme qu'ils ont aimée;
Triste et charmant trésor!
La mort habite en eux au milieu de la vie;
Ils s'en vont poursuivant la chère ombre ravie
Qui leur sourit encor.
Où ne trouveton pas, en fouillant, un squelette?
Quel foyer réunit la famille complète
En cercle chaque soir?

Et quel seuil, si riant et si beau qu'il puisse être,
Pour ne pas revenir n'a vu sortir le maître
Avec un manteau noir?
Cette petite fleur, qui, toute réjouie,
Fait baiser au soleil sa bouche épanouie,
Est fille de la mort.
En plongeant sous le sol, peutêtre sa racine,
Dans quelque cendre chère a pris l'odeur divine
Qui vous charme si fort.
O fiancés d'hier, encore amants, l'alcôve
Où nichent vos amours, à quelque vieillard chauve
A servi comme à vous;
Avant vos doux soupirs elle a redit son râle,
Et son souvenir mêle une odeur sépulcrale
A vos parfums d'époux!
Où donc poser le pied qu'on ne foule une tombe?

Ah! lorsque l'on prendrait son aile à la colombe,
Ses pieds au daim léger;
Qu'on irait demander au poisson sa nageoire,
On trouvera partout l'hôtesse blanche et noire
Prête à vous héberger.
Cessez donc, cessez donc, ô vous, les jeunes mères
Berçant vos fils aux bras des riantes chimères,
De leur rêver un sort;
Filezleur un suaire avec le lin des langes.
Vos fils, fussentils purs et beaux comme les anges,
Sont condamnés à mort!

V.

A travers les soupirs les plaintes et le râle
Poursuivons jusqu'au bout la funèbre spirale
    De ses détours maudits.
Notre guide n'est pas Virgile le poëte,
La Béatrix vers nous ne penche pas la tête
    Du fond du paradis.
Pour guide nous avons une vierge au teint pâle
Qui jamais ne reçut le baiser d'or du hâle
    Des lèvres du soleil.
Sa joue est sans couleur et sa bouche bleuâtre,
Le bouton de sa gorge est blanc comme l'albâtre
    Au lieu d'être vermeil.
Un souffle fait plier sa taille délicate,
Ses bras, plus transparents que le jaspe ou l'agate,
    Pendent languissamment;
Sa main laisse échapper une fleur qui se fane,
Et, ployée à son dos, son aile diaphane
    Reste sans mouvement.

Plus sombres que la nuit, plus fixes que la pierre,
Sous leur sourcil d'ébène et leur longue paupière
    Luisent ses deux grands yeux,
Comme l'eau du Léthé qui va muette et noire,
Ses cheveux débordés baignent sa chair d'ivoire
    A flots silencieux.
Des feuilles de ciguë avec des violettes
Se mêlent sur son front aux blanches bandelettes,
    Chaste et simple ornement;
Quant au reste, elle est nue, et l'on rit et l'on tremble
En la voyant venir; car elle a tout ensemble
    L'air sinistre et charmant.

Quoiqu'elle ait mis le pied dans tous les lits du monde
Sous sa blanche couronne elle reste inféconde
    Depuis l'éternité.
L'ardent baiser s'éteint sur la lèvre fatale
Et personne n'a pu cueillir la rose pâle
    De sa virginité.
C'est par elle qu'on pleure et qu'on se désespère:

C'est elle qui ravit au giron de la mère
Son doux et cher souci;
C'est elle qui s'en va se coucher, la jalouse,
Entre les deux amants, et qui veut qu'on l'épouse
A son tour elle aussi.
Elle est amère et douce, elle est méchante et bonne;
Sur chaque front illustre elle met la couronne
Sans peur ni passion.
Amère aux gens heureux et douce aux misérables,
C'est la seule qui donne aux grands inconsolables
Leur consolation.

Elle prête des lits à ceux qui, sur le monde,
Comme le Juif errant, font nuit et jour leur ronde
Et n'ont jamais dormi.
A tous les parias elle ouvre son auberge,
Et reçoit aussi bien la Phryné que la vierge,
L'ennemi que l'ami.
Sur les pas de ce guide au visage impassible,
Nous marchons en suivant la spirale terrible
Vers le but inconnu,
Par un enfer vivant sans caverne ni gouffre,
Sans bitume enflammé, sans mers aux flots de soufre,
Sans Belzébuth cornu.

Voici contre un carreau comme un reflet de lampe
Avec l'ombre d'un homme. Allons, montons la rampe,
Approchons et voyons.
Ah! c'est toi, docteur Faust! Dans la même posture
Du sorcier de Rembrandt sur la noire peinture
Aux flamboyants rayons.
Quoi! tu n'as pas brisé tes fioles d'alchimiste,
Et tu penches toujours ton grand front chauve et triste
Sur quelque manuscrit!
Dans ton livre, aux lueurs de ce soleil mystique,
Quoi! tu cherches encor le mot cabalistique
Qui fait venir l'Esprit.
Eh bien! Scientia, ta maîtresse adorée
A tes chastes désirs s'estelle enfin livrée?
Ou, comme au premier jour,
N'en estu qu'à baiser sa robe ou sa pantoufle,

Ta poitrine asthmatique atelle encor du souffle
Pour un soupir d'amour?
Quel sable, quel corail a ramené ta sonde?
Astu touché le fond des sagesses du monde?
En puisant à ton puits,
Nous astu dans ton seau fait monter toute nue
La blanche Vérité jusqu'ici méconnue?
Arbre, où sont donc tes fruits?

FAUST.

J'ai plongé dans la mer sous le dôme des ondes;
Les grands poissons jetaient leurs ondes vagabondes
Jusques au fond des eaux;
Léviathan fouettait l'abîme de sa queue,
Les Syrènes peignaient leur chevelure bleue
Sur les bancs de coraux.

La seiche horrible à voir, le polype difforme,
Tendaient leurs mille bras, le caïman énorme
Roulait ses gros yeux verts;
Mais je suis remonté, car je manquais d'haleine;
C'est un manteau bien lourd pour une épaule humaine
Que le manteau des mers!
Je n'ai pu de mon puits tirer que de l'eau claire;
Le Sphinx interrogé continue à se taire;
Si chauve et si cassé,
Hélas! j'en suis encore à peutêtre, et que saisje?
Et les fleurs de mon front ont fait comme une neige
Aux lieux où j'ai passé.

Malheureux que je suis d'avoir sans défiance
Mordu les pommes d'or de l'arbre de science!
La science est la mort.
Ni l'upa de Java, ni l'euphorbe d'Afrique,
Ni le mancenilier au sommeil magnétique.
N'ont un poison plus fort.
Je ne crois plus à rien. J'allais, de lassitude,
Quand vous êtes venus, renoncer à l'étude
Et briser mes fourneaux.
Je ne sens plus en moi palpiter une fibre,

Et comme un balancier seulement mon coeur vibre
A mouvements égaux.
Le néant! Voilà donc ce que l'on trouve au terme!
Comme une tombe, un mort, ma cellule renferme
Un cadavre vivant.
C'est pour arriver là que j'ai pris tant de peine,
Et que j'ai sans profit, comme on fait d'une graine,
Semé mon âme au vent.
Un seul baiser, ô douce et blanche Marguerite,
Pris sur ta bouche en fleur, si fraîche et si petite,
Vaut mieux que tout cela.
Ne cherchez pas un mot qui n'est pas dans le livre;
Pour savoir comme on vit n'oubliez pas de vivre.
Aimez, car tout est là!

VI.

La spirale sans fin dans le vide s'enfonce;
Tout autour, n'attendant qu'une fausse réponse
        Pour vous pomper le sang,
Sur leurs grands piédestaux semés d'hiéroglyphes,
Des Sphinx aux seins pointus, aux doigts armés de griffes,
        Roulent leur oeil luisant.
En passant devant eux, à chaque pas l'on cogne
Des os demi rongés, des restes de charogne,
        Des crânes sonnant creux.
On voit de chaque trou sortir des jambes raides,
Des apparitions monstrueusement laides
        Fendent l'air ténébreux.
C'est ici que l'énigme est encor sans Oedipe,
Et qu'on attend toujours le rayon qui dissipe
        L'antique obscurité.
C'est ici que la mort propose son problème,
Et que le voyageur, devant sa face blême
        Recule épouvanté.
Ah que de nobles coeurs et que d'âmes choisies,
Vainement, à travers toutes les poésies,
        Toutes les passions,
Ont poursuivi le mot de la page fatale
Dont les os gisent là sans pierre sépulcrale
        Et sans inscriptions!

Combien, don Juans obscurs, ont leurs listes remplies
Et qui cherchent encor! Que de lèvres pâlies
        Sous les plus doux baisers,
Et qui n'ont jamais pu se joindre à leur chimère!
Que de désirs au ciel sont remontés de terre
        Toujours inapaisés!
Il est des écoliers qui voudraient tout connaître,
Et qui ne trouvent pas pour valet et pour maître
        De Méphistophélès.
Dans les greniers, il est des Faust sans Marguerite
Dont l'enfer ne veut pas et que Dieu déshérite;
        Tous ceuxlà, plaignezles!
Car ils souffrent un mal, hélas! inguérissable;
Ils mêlent une larme à chaque grain de sable

Que le temps laisse choir.
Leur coeur, comme un orfraie au fond d'une ruine,
Râle piteusement dans leur maigre poitrine
L'hymne du désespoir.
Leur vie est comme un bois à la fin de l'automne,
Chaque souffle qui passe arrache à leur couronne
Quelque reste de vert.
Et leurs rêves en pleurs s'en vont fendant les nues,
Silencieux, pareils à des files de grues
Quand approche l'hiver.
Leurs tourments ne sont point redits par le poète;
Martyrs de la pensée, ils n'ont pas sur leur tête
L'auréole qui luit;
Par les chemins du monde ils marchent sans cortége,
Et sur le sol glacé tombent comme la neige
Qui descend dans la nuit.

Comme je m'en allais, ruminant ma pensée,
Triste, sans dire mot, sous la voûte glacée,
Par le sentier étroit;
S'arrêtant tout à coup, ma compagne blafarde
Me dit en étendant sa main frêle: Regarde
Du côté de mon doigt.
C'était un cavalier avec un grand panache,
De longs cheveux bouclés, une noire moustache
Et des éperons d'or;
Il avait le manteau, la rapière et la fraise,
Ainsi qu'un raffiné du temps de Louis treize,
Et semblait jeune encor.

Mais en regardant bien, je vis que sa perruque
Sous ses faux cheveux bruns laissait près de sa nuque
Passer des cheveux blancs;
Son front, pareil au front de la mer soucieuse,
Se ridait à longs plis; sa joue était si creuse
Que l'on comptait ses dents.
Malgré le fard épais dont elle était plâtrée,
Comme un marbre couvert d'une gaze pourprée
Sa pâleur transperçait;
A travers le carmin qui colorait sa lèvre,
Sous son rire d'emprunt on voyait que la fièvre

Chaque nuit le baisait.
Ses yeux sans mouvement semblaient des yeux de verre
Ils n'avaient rien des yeux d'un enfant de la terre,
Ni larmes ni regard.
Diamant enchâssé dans sa morne prunelle
Brillait d'un éclat fixe, une froide étincelle.
C'était bien un vieillard!
Comme l'arche d'un pont son dos faisait la voûte,
Ses pieds endoloris, tout gonflés par la goutte.
Chancelaient sous son poids.
Ses mains pâles tremblaient; ainsi tremblent les vagues,
Sous les baisers du Nord, et laissaient fuir leurs bagues
Trop larges pour ses doigts.

Tout ce luxe, ce fard sur cette face creuse,
Formait une alliance étrange et monstrueuse.
C'était plus triste à voir
Et plus laid, qu'un cercueil chez des filles de joie,
Qu'un squelette paré d'une robe de soie,
Qu'une vieille au miroir.
Confiant à la nuit son amoureuse plainte,
Il attendait devant une fenêtre éteinte,
Sous un balcon désert.
Nul front blanc ne venait s'appuyer au vitrage,
Nul soleil de beauté ne montrait son visage
Au fond du ciel ouvert.

Dis, que faistu donc là, vieillard, dans les ténèbres,
Par une de ces nuits où les essaims funèbres
S'envolent des tombeaux?
Que vastu donc chercher si loin, si tard, à l'heure
Où l'Ange de minuit au beffroi chante et pleure
Sans page et sans flambeaux?

Tu n'as plus l'âge où tout vous rit et vous accueille,
Où la vierge répand à vos pieds, feuille à feuille,
La fleur de sa beauté.
Et ce n'est plus pour toi que s'ouvrent les fenêtres;
Tu n'es bon qu'à dormir auprès de tes ancêtres
Sous un marbre sculpté.
Entendstu le hibou qui jette ses cris aigres?

Entendstu dans les bois hurler les grands loups maigres?
O vieillard sans raison!
Rentre, c'est le moment où la lune réveille
Le vampire blafard sur sa couche vermeille;
Rentre dans ta maison.
Le vent moqueur a pris ta chanson sur son aile,
Personne ne t'écoute, et ta cape ruisselle
Des pleurs de l'ouragan...
Il ne me répond rien; dites quel est cet homme
O mort, et savezvous le nom dont on le nomme!
Cet homme, c'est don Juan.

VII.

DON JUAN.

Heureux adolescents, dont le coeur s'ouvre à peine
Comme une violette à la première haleine
　　Du printemps qui sourit,
Ames couleurs de lait, frais buissons d'aubépine
Où, sous le pur rayon, dans la pluie argentine
　　Tout gazouille et fleurit.
O vous tous qui sortez des bras de votre mère
Sans connaître la vie et la science amère,
　　Et qui voulez savoir,
Poètes et rêveurs, plus d'une fois, sans doute,
Aux lisières des bois, en suivant votre route
　　Dans la rougeur du soir,

A l'heure enchanteresse, où sur le bout des branches
On voit se becqueter les tourterelles blanches
　　Et les bouvreuils au nid,
Quand la nature lasse en s'endormant soupire,
Et que la feuille au vent vibre comme une lyre
　　Après le chant fini;
Quand le calme et l'oubli viennent à toutes choses
Et que le sylphe rentre au pavillon des roses
　　Sous les parfums plié;
Emus de tout cela, pleins d'ardeurs inquiètes
Vous avez souhaité ma liste et mes conquêtes;
　　Vous m'avez envié

Les festins, les baisers sur les épaules nues,
Toutes ces voluptés à votre âge inconnues,
　　Aimable et cher tourment!
Zerbine, Elvire, Anna, mes Romaines jalouses,
Mes beaux lis d'Albion, mes brunes Andalouses,
　　Tout mon troupeau charmant.
Et vous vous êtes dit par la voix de vos âmes:
Comment faisaistu donc pour avoir plus de femmes
　　Que n'en a le sultan?
Comment faisaistu donc, malgré verroux et grilles,
Pour te glisser au lit des belles jeunes filles,

Heureux, heureux don Juan!
Conquérant oublieux, une seule de celles
Que tu n'inscrivais pas, une entre tes moins belles
Ta plus modeste fleur,
Oh! combien et longtemps nous l'eussions adorée!
Elle aurait embelli, dans une urne dorée,
L'autel de notre coeur.

Elle aurait parfumé, cette humble paquerette
Dont sous l'herbe ton pied a fait ployer la tête,
Notre pâle printemps;
Nous l'aurions recueillie, et de nos pleurs trempée,
Cette étoile aux yeux bleus, dans le bal échappée
A tes doigts inconstants.

Adorables frissons de l'amoureuse fièvre,
Ramiers qui descendez du ciel sur une lèvre,
Baisers âcres et doux,
Chutes du dernier voile, et vous cascades blondes,
Cheveux d'or, inondant un dos brun de vos ondes
Quand vous connaîtronsnous?
Enfant, je les connais tous ces plaisirs qu'on rêve;
Autour du tronc fatal l'antique serpent d'Ève
Ne s'est pas mieux tordu.
Aux yeux mortels, jamais dragon à tête d'homme
N'a d'un plus vif éclat fait reluire la pomme
De l'arbre défendu.

Souvent, comme des nids de fauvettes farouches,
Tout prêts à s'envoler, j'ai surpris sur des bouches
Des nids d'aveux tremblants,
J'ai serré dans mes bras de ravissants fantômes,
Bien des vierges en fleur m'ont versé les purs baumes
De leurs calices blancs.
Pour en avoir le mot, courtisanes rusées,
J'ai pressé, sous le fard, vos lèvres plus usées
Que le grès des chemins.
Égouts impurs, où vont tous les ruisseaux du monde,
J'ai plongé sous vos flots; et toi, débauche immonde,
J'ai vu tes lendemains.
J'ai vu les plus purs fronts rouler après l'orgie

Parmi les flots de vin, sur la nappe rougie;
J'ai vu les fins de bal
Et la sueur des bras, et la pâleur des têtes
Plus mornes que la mort sous leurs boucles défaites
Au soleil matinal.
Comme un mineur qui suit une veine inféconde,
J'ai fouillé nuit et jour l'existence profonde
Sans trouver le filon.
J'ai demandé la vie à l'amour qui la donne,
Mais vainement; je n'ai jamais aimé personne
Ayant au monde un nom.

J'ai brûlé plus d'un coeur dont j'ai foulé la cendre,
Mais je restai toujours comme la Salamandre,
Froid au milieu du feu.
J'avais un idéal frais comme la rosée,
Une vision d'or, une opale irisée
Par le regard de Dieu;
Femme, comme jamais sculpteur n'en a pétrie,
Type réunissant Cléopâtre et Marie,
Grâce, pudeur, beauté;
Une rose mystique, où nul ver ne se cache,
Les ardeurs du volcan et la neige sans tache
De la virginité!

Au carrefour douteux, Y grec de Pythagore,
J'ai pris la branche gauche et je chemine encore
Sans arriver jamais.
Trompeuse volupté, c'est toi que j'ai suivie,
Et peutêtre, ô vertu! l'énigme de la vie;
C'est toi qui la savais.
Que n'aije, comme Faust, dans ma cellule sombre,
Contemplé sur le mur la tremblante penombre
Du microcosme d'or!
Que n'aije, feuilletant cabales et grimoires,
Auprès de mon fourneau, passé les heures noires
A chercher le trésor!
J'avais la tête forte, et j'aurais lu ton livre
Et bu ton vin amer, Science, sans être ivre
Comme un jeune écolier.
J'aurais contraint Isis à relever son voile;

Et du plus haut des cieux fait descendre l'étoile
Dans mon noir atelier.
N'écoutez pas l'amour car c'est un mauvais maître;
Aimer, c'est ignorer, et vivre c'est connaître.
Apprenez, apprenez;
Jetez et rejetez à toute heure la sonde;
Et plongez plus avant sous cette mer profonde
Que n'ont fait vos aînés.
Laissez Léviathan souffler par ses narines,
Laissez le poids des mers au fond de vos poitrines
Presser votre poumon.
Fouillez les noirs écueils qu'on n'a pu reconnaître,
Et dans son coffre d'or vous trouverez peutêtre
L'anneau de Salomon!

VIII.

Ainsi parla don Juan, et sous la froide voûte,
Las, mais voulant aller jusqu'au bout de la route,
Je repris mon chemin.
Enfin je débouchai dans une plaine morne
Qu'un ciel en feu fermait à l'horizon sans borne,
D'un cercle de carmin.
Le sol de cette plaine était d'un blanc d'ivoire,
Un fleuve la coupait comme un ruban de moire
Du rouge le plus vif.
Tout était ras; ni bois, ni clocher, ni tourelle,
Et le vent ennuyé la balayait de l'aile
Avec un ton plaintif.

J'imaginai d'abord que cette étrange teinte,
Cette couleur de sang dont cette onde était peinte,
N'était qu'un vain reflet;
Que la craie et le tuf formaient ce blanc d'ivoire,
Mais je vis que c'était (me penchant pour y boire)
Du vrai sang qui coulait.
Je vis que d'os blanchis la terre était couverte,
Froide neige de morts, où nulle plante verte,
Nulle fleur ne germait;
Que ce sol n'était fait que de poussière d'homme,
Et qu'un peuple à remplir Thèbes, Palmyre et Rome
Était là qui dormait.

Une ombre, dos voûté, front penché, dans la brise
Passa. C'était bien LUI, la redingote grise
Et le petit chapeau.
Un aigle d'or planait sur sa tête sacrée,
Cherchant, pour s'y poser, inquiète effarée,
Un bâton de drapeau.
Les squelettes tâchaient de rajuster leurs têtes,
Le spectre du tambour agitait ses baguettes
A son pas souverain;
Une immense clameur volait sur son passage,
Et cent mille canons lui chantaient dans l'orage
Leur fanfare d'airain.
Lui ne paraissait pas entendre ce tumulte,

Et, comme un Dieu de marbre, insensible à son culte,
Marchait silencieux;
Quelquefois seulement, comme à la dérobée,
Pour retrouver au ciel son étoile tombée
Il relevait les yeux

Mais le ciel empourpré d'un reflet d'incendie,
N'avait pas une étoile, et la flamme agrandie
Montait, montait toujours.
Alors, plus pâle encor qu'aux jours de SainteHélène,
Il refermait ses bras sur sa poitrine pleine
De gémissements sourds.
Quand il fut devant nous: Grand empereur, lui disje,
Ce mot mystérieux que mon destin m'oblige
A chercher icibas,
Ce mot perdu que Faust demandait à son livre,
Et don Juan à l'amour, pour mourir ou pour vivre,
Ne le sauriezvous pas?

O malheureux enfant! dit l'ombre impériale,
Retournet'en làhaut, la bise est glaciale
Et je suis tout transi.
Tu ne trouverais pas, sur la route, d'auberge
Où réchauffer tes pieds, car la mort seule héberge
Ceux qui passent ici.
Regarde... C'en est fait. L'étoile est éclipsée,
Un sang noir pleut du flanc de mon aigle blessée
Au milieu de son vol.
Avec les blancs flocons de la neige éternelle,
Du haut du ciel obscur, les plumes de son aile
Descendent sur le sol.

Hélas! je ne saurais contenter ton envie;
J'ai vainement cherché le mot de cette vie,
Comme Faust et don Juan,
Je ne sais rien de plus, qu'au jour de ma naissance,
Et pourtant je faisais dans ma toutepuissance,
Le calme et l'ouragan.
Pourtant l'on me nommait par excellence, L'HOMME:
L'on portait devant moi l'aigle et les faisceaux, comme
Aux vieux Césars romains:

Pourtant j'avais dix rois pour me tenir ma robe,
J'étais un Charlemagne emprisonnant le globe
Dans une de mes mains.
Je n'ai rien vu de plus du haut de la colonne
Où ma gloire, arcenciel tricolore, rayonne
Que vous autres d'en bas.
En vain de mon talon j'éperonnais le monde,
Toujours le bruit des camps et du canon qui gronde,
Des assauts, des combats.

Toujours des plats d'argent avec des clefs de villes,
Un concert de clairons et de hurrahs serviles,
Des lauriers, des discours;
Un ciel noir, dont la pluie était de la mitraille,
Des morts à saluer sur tout champ de bataille.
Ainsi passaient mes jours.
Que ton doux nom de miel, Laetitia ma mère,
Mentait cruellement à ma fortune amère!
Que j'étais malheureux!
Je promenais partout ma peine vagabonde,
J'avais rêvé l'empire, et la boule du monde
Dans ma main sonnait creux.

Ah! le sort des bergers, et le hêtre où Tytire
Dans la chaleur du jour à l'écart se retire
Et chante Amaryllis,
Le grelot qui résonne et le troupeau qui bêle,
Le lait pur ruisselant d'une blanche mamelle
Entre des doigts de lys!
Le parfum du foin vert et l'odeur de l'étable,
Le pain bis des pasteurs, quelques noix sur la table,
Une écuelle de bois;
Une flûte à sept trous jointe avec de la cire,
Et six chèvres, voilà tout ce que je désire,
Moi, le vainqueur des rois.

Une peau de mouton couvrira mes épaules,
Galathée en riant s'enfuira sous les saules
Et je l'y poursuivrai:
Mes vers seront plus doux que la douce ambroisie,
Et Daphnis deviendra pâle de jalousie

Aux airs que je jouerai.
Ah! je veux m'en aller de mon île de Corse,
Par le bois dont la chèvre en passant mord l'écorce,
Par le ravin profond,
Le long du sentier creux où chante la cigale,
Suivre nonchalamment en sa marche inégale
Mon troupeau vagabond.
Le Sphinx est sans pitié pour quiconque se trompe,
Imprudent, tu veux donc qu'il t'égorge et te pompe
Le pur sang de ton coeur;
Le seul qui devina cette énigme funeste
Tua Laïus son père et commit un inceste:
Triste prix du vainqueur!

IX.

Me voilà revenu de ce voyage sombre,
Où l'on n'a pour flambeaux et pour astre dans l'ombre
Que les yeux du hibou;
Comme après tout un jour de labourage, un buffle
S'en retourne à pas lents, morne et baissant le muffle,
Je vais ployant le cou.
Me voilà revenu du pays des fantômes;
Mais je conserve encor loin des muets royaumes,
Le teint pâle des morts.
Mon vêtement pareil au crêpe funéraire
Sur une urne jeté, de mon dos jusqu'à terre,
Pend au long de mon corps.
Je sors d'entre les mains d'une mort plus avare
Que celle qui veillait au tombeau de Lazare;
Elle garde son bien:
Elle lâche le corps mais elle retient l'âme;
Elle rend le flambeau, mais elle éteint la flamme,
Et Christ n'y pourrait rien.

Je ne suis plus, hélas! que l'ombre de moimême,
Que la tombe vivante où gît tout ce que j'aime,
Et je me survis seul,
Je promène avec moi les dépouilles glacées
De mes illusions, charmantes trépassées
Dont je suis le linceul.
Je suis trop jeune encor, je veux aimer et vivre,
O mort... et je ne puis me résoudre à te suivre
Dans le sombre chemin;
Je n'ai pas eu le temps de bâtir la colonne
Où la gloire viendra suspendre ma couronne;
O mort, reviens demain!
Vierge aux beaux seins d'albâtre, épargne ton poëte,
Souvienstoi que c'est moi qui le premier t'ai faite
Plus belle que le jour;
J'ai changé ton teint vert en pâleur diaphane,
Sous de beaux cheveux noirs j'ai caché ton vieux crâne,
Et je t'ai fait la cour.
Laissemoi vivre encor, je dirai tes louanges,
Pour orner tes palais, je sculpterai des anges,

Je forgerai des croix;
Je ferai dans l'église et dans le cimetière
Fondre le marbre en pleurs et se plaindre la pierre
Comme au tombeau des rois!
Je te consacrerai mes chansons les plus belles:
Pour toi j'aurai toujours des bouquets d'immortelles
Et des fleurs sans parfum.
J'ai planté mon jardin, ô mort, avec tes arbres;
L'if, le buis, le cyprès y croisent sur les marbres
Leurs rameaux d'un vert brun.

J'ai dit aux belles fleurs, doux honneur du parterre,
Au lis majestueux ouvrant son blanc cratère,
A la tulipe d'or,
A la rose de mai que le rossignol anime,
J'ai dit au dahlia, j'ai dit au chrysanthème,
A bien d'autres encor.
Ne croissez pas ici! cherchez une autre terre,
Frais amours du printemps; pour ce jardin austère
Votre éclat est trop vif:
Le houx vous blesserait de ses pointes aiguës,
Et vous boiriez dans l'air le poison des ciguës,
L'odeur âcre de l'if.

Ne m'abandonne pas, ô ma mère, ô nature,
Tu dois une jeunesse à toute créature,
A toute âme un amour;
Je suis jeune et je sens le froid de la vieillesse,
Je ne puis rien aimer. Je veux une jeunesse,
N'eûtelle qu'un seul jour.

Ne me sois pas marâtre, ô nature chérie,
Redonne un peu de sève à la plante flétrie
Qui ne veut pas mourir;
Les torrents de mes yeux ont noyé sous leur pluie
Son bouton tout rongé que nul soleil n'essuie,
Et qui ne peut s'ouvrir.
Air vierge, air de cristal, eau principe du monde,
Terre qui nourris tout, et toi flamme féconde,
Rayon de l'oeil de Dieu,
Ne laissez pas mourir, vous qui donnez la vie,

La pauvre fleur qui penche et qui n'a d'autre envie
Que de fleurir un peu!
Etoiles, qui d'en haut voyez valser les mondes,
Faites pleuvoir sur moi, de vos paupières blondes,
Vos pleurs de diamant;
Lune, lis de la nuit, fleur du divin parterre,
Versemoi tes rayons, ô blanche solitaire,
Du fond du firmament!
Oeil ouvert sans repos au milieu de l'espace,
Perce, soleil puissant, ce nuage qui passe!
Que je te voie encor;
Aigles, vous qui fouettez le ciel à grands coups d'ailes:
Griffons, au vol de feu, rapides hirondelles,
Prêtezmoi votre essor!

Vents, qui prenez aux fleurs leurs âmes parfumées
Et les aveux d'amour aux bouches bien aimées,
Air sauvage des monts,
Encor tout imprégné des senteurs du melèze,
Brise de l'Océan où l'on respire à l'aise,
Emplissez mes poumons!
Avril, pour m'y coucher, m'a fait un tapis d'herbe;
Le lilas sur mon front s'épanouit en gerbe,
Nous sommes au printemps.
Prenezmoi dans vos bras, doux rêves du poëte,
Entre vos seins polis, posez ma pauvre tête
Et bercezmoi longtemps.

Loin de moi, cauchemars, spectres des nuits! Les roses,
Les femmes, les chansons, toutes les belles choses
Et tous les beaux amours,
Voilà ce qu'il me faut. Salut, ô muse antique,
Muse au frais laurier vert, à la blanche tunique
Plus jeune tous les jours!
Brune aux yeux de lotus, blonde à paupière noire,
O Grecque de Milet, sur l'escabeau d'ivoire
Pose tes beaux pieds nus,
Que d'un nectar vermeil la coupe se couronne!
Je bois à ta beauté d'abord, blanche Théone,
Puis aux dieux inconnus.
Ta gorge est plus lascive et plus souple que l'onde;

Le lait n'est pas si pur et la pomme est moins ronde.
Allons, un beau baiser,
Hâtonsnous, hâtonsnous. Notre vie, ô Théone,
Est un cheval ailé que le temps éperonne;
Hâtonsnous d'en user.
Chantons Io, Péan! Mais quelle est cette femme
Si pâle sous son voile? Ah! c'est toi, vieille infâme,
Je vois ton crâne ras;
Je vois tes grands yeux creux, prostituée immonde,
Courtisane éternelle environnant le monde
Avec tes maigres bras!
FIN DE LA COMÉDIE DE LA MORT

LE NUAGE.

Dans son jardin la sultane se baigne,
Elle a quitté son dernier vêtement;
Et délivrés des morsures du peigne
Ses grands cheveux baisent son dos charmant.
Par son vitrail le sultan la regarde,
Et caressant sa barbe avec sa main,
Il dit: L'eunuque en sa tour fait la garde
Et nul hors moi ne la voit dans son bain.
Moi je la vois, lui répond, chose étrange!
Sur l'arc du ciel un nuage accoudé;
Je vois son sein vermeil comme l'orange
Et son beau corps de perles inondé.
Ahmed devint blême comme la lune,
Prit son kandjar au manche ciselé
Et poignarda sa favorite brune...
Quant au nuage, il s'était envolé!

LES COLOMBES.

GHAZEL.

Sur le coteau, làbas où sont les tombes,
Un beau palmier, comme un panache vert
Dresse sa tête, où le soir les colombes
Viennent nicher et se mettre à couvert.
Mais le matin elles quittent les branches,

Comme un collier qui s'égraine, on les voit
S'éparpiller dans l'air bleu, toutes blanches,
Et se poser plus loin sur quelque toit.
Mon âme est l'arbre où tous les soirs comme elles
De blancs essaims de folles visions
Tombent des cieux, en palpitant des ailes,
Pour s'envoler dès les premiers rayons.

PANTOUM.

Les papillons couleur de neige
Volent par essaims sur la mer;
Beaux papillons blancs, quand pourraije
Prendre le bleu chemin de l'air?
Savezvous, ô belle des belles,
Ma bayadère aux yeux de jais,
S'ils me pouvaient prêter leurs ailes,
Dites, savezvous où j'irais?
Sans prendre un seul baiser aux roses
A travers vallons et forêts,
J'irais à vos lèvres micloses,
Fleur de mon âme, et j'y mourrais.

TÉNÈBRES.

Taisezvous, ô mon coeur! taisezvous, ô mon âme!
Et n'allez plus chercher de querelles au sort;
Le néant vous appelle et l'oubli vous réclame.
Mon coeur, ne battez plus, puisque vous êtes mort;
Mon âme, repliez le reste de vos ailes,
Car vous avez tenté votre suprême effort.
Vos deux linceuls sont prêts, et vos fosses jumelles
Ouvrent leur bouche sombre au flanc de mon passé,
Comme au flanc d'un guerrier, deux blessures mortelles.
Couchezvous tout du long dans votre lit glacé;
Puisse avec vos tombeaux, que va recouvrir l'herbe,
Votre souvenir être à jamais effacé!
Vous n'aurez pas de croix ni de marbre superbe,
Ni d'épitaphe d'or, où quelque saule en pleurs
Laisse les doigts du vent éparpiller sa gerbe.
Vous n'aurez ni blasons, ni chants, ni vers, ni fleurs;

On ne répandra pas les larmes argentées
Sur le funèbre drap, noir manteau des douleurs.
Votre convoi muet, comme ceux des athées,
Sur le triste chemin rampera dans la nuit:
Vos cendres sans honneur seront au vent jetées.
La pierre qui s'abîme en tombant fait son bruit;
Mais vous, vous tomberez sans que l'onde s'émeuve,
Dans ce gouffre sans fond où le remords nous suit.
Vous ne ferez pas même un seul rond sur le fleuve,
Nul ne s'apercevra que vous soyez absens,
Aucune âme icibas ne se sentira veuve.
Et le chaste secret du rêve de vos ans
Périra tout entier sous votre tombe obscure
Où rien n'attirera le regard des passants.
Que voulezvous? hélas! notre mère nature,
Comme toute autre mère, a ses enfants gâtés,
Et pour les malvenus elle est avare et dure.
Aux uns tous les bonheurs et toutes les beautés!
L'occasion leur est toujours bonne et fidèle:
Ils trouvent au désert des palais enchantés;
Ils tettent librement la féconde mamelle;

La chimère à leur voix s'empresse d'accourir,
Et tout l'or du Pactole entre leurs doigts ruisselle;
Les autres moins aimés, ont beau tordre et pétrir
Avec leurs maigres mains la mamelle tarie,
Leur frère a bu le lait qui les devait nourrir.
S'il éclot quelque chose au milieu de leur vie,
Une petite fleur sous leur pâle gazon,
Le sabot du vacher l'aura bientôt flétrie,
Un rayon de soleil, brille à leur horizon:
Il fait beau dans leur âme; à coup sûr un nuage
Avec un flot de pluie éteindra le rayon.

L'espoir le mieux fondé, le projet le plus sage,
Rien ne leur réussit; tout les trompe et leur ment:
Ils se perdent en mer sans quitter le rivage.
L'aigle, pour le briser, du haut du firmament,
Sur leur front découvert lâchera la tortue,
Car ils doivent périr inévitablement.
L'aigle manque son coup; quelque vieille statue,

Sans tremblement de terre, on ne sait pas pourquoi,
Quitte son piédestal, les écrase et les tue.
Le coeur qu'ils ont choisi ne garde pas sa foi;
Leur chien même les mord et leur donne la rage;
Un ami jurera qu'ils ont trahi le roi.
Fils du Danube, ils vont se noyer dans le Tage,

D'un bout du monde à l'autre ils courent à leur mort:
Ils auraient pu du moins s'épargner le voyage.
Si dur qu'il soit, il faut qu'ils remplissent leur sort;
Nul n'y peut résister, et le genou d'Hercule,
Pour un pareil athlète est à peine assez fort.
Après la vie obscure une mort ridicule;
Après le dur grabat un cercueil sans repos
Au bord d'un carrefour où la foule circule.
Ils tombent inconnus de la mort des héros
Et quelque ambitieux, pour se hausser la taille,
Se fait effrontément un socle de leurs os.
Sur son trône d'airain, le destin qui s'en raille,

Imbibe leur éponge avec du fiel amer,
Et la nécessité les tord dans sa tenaille.
Tout buisson trouve un dard pour déchirer sa chair,
Tout beau chemin pour eux cache une chaussetrappe,
Et les chaînes de fleurs leur sont chaînes de fer.
Si le tonnerre tombe, entre mille il les frappe,
Pour eux l'aveugle nuit semble prendre des yeux,
Tout plomb vole à leur coeur et pas un seul n'échappe.
La tombe vomira leur fantôme odieux.
Vivants, ils ont servi de bouc expiatoire;
Morts, ils seront bannis de la terre et des cieux.

Cette histoire sinistre est votre propre histoire;
O mon âme! ô mon coeur! peutêtre même, hélas!
La vôtre estelle encor plus sinistre et plus noire.
C'est une histoire simple où l'on ne trouve pas
De grands événements et des malheurs de drame,
Une douleur qui chante et fait un grand fracas;
Quelques fils bien communs en composent la trame,
Et cependant elle est plus triste et sombre à voir
Que celle qu'un poignard dénoue avec sa lame.

Puisque rien ne vous veut, pourquoi donc tout vouloir
Quand il vous faut mourir, pourquoi donc vouloir vivre
Vous qui ne croyez pas et n'avez pas d'espoir?
O vous que nul amour et que nul vin n'enivre!
Frères désespérés, vous devez être prêts
Pour descendre au néant où mon corps vous doit suivre!
Le néant a des lits et des ombrages frais.
La mort fait mieux dormir que son frère Morphée,
Et les pavots devraient jalouser les cyprès.
Sous la cendre à jamais, dors, ô flamme étouffée!
Orgueil, courbe ton front jusque sur tes genoux,
Comme un Scythe captif qui supporte un trophée.
Cesse de te raidir contre le sort jaloux,

Dans l'eau du noir Léthé plonge de bonne grâce,
Et laisse à ton cercueil planter les derniers clous.
Le sable des chemins ne garde pas ta trace,
L'écho ne redit pas ta chanson, et le mur
Ne veut pas se charger de ton ombre qui passe.
Pour y graver un nom ton airain est bien dur;
O Corinthe! et souvent froide et blanche Carrare,
Le ciseau ne mord pas sur ton marbre si pur.
Il faut un grand génie avec un bonheur rare

Pour faire jusqu'au ciel monter son monument,
Et de ce double don le destin est avare.
Hélas! et le poète est pareil à l'amant,
Car ils ont tous les deux leur maîtresse idéale,
Quelque rêve chéri caressé chastement.
Eldorado lointain, pierre philosophale
Qu'ils poursuivent toujours sans l'atteindre jamais,
Un astre impérieux, une étoile fatale.
L'étoile fuit toujours, ils lui courent après;
Et, le matin venu, la lueur poursuivie,
Quand ils la vont saisir, s'éteint dans un marais.
C'est une belle chose et digne qu'on l'envie
Que de trouver son rêve au milieu du chemin,
Et d'avoir devant soi le désir de sa vie.
Quel plaisir quand on voit briller le lendemain
Le baiser du soleil aux frêles colonnades
Du palais que la nuit éleva de sa main!

Il est beau, qu'un plongeur, comme dans les ballades,
Descende au gouffre amer chercher la coupe d'or,
Et perce triomphant les vitreuses arcades!
Il est beau d'arriver où tendait votre essor,
De trouver sa beauté, d'aborder à son monde,
Et quand on a fouillé, d'exhumer un trésor.
De faire, du plus creux de votre âme profonde,
Jaillir votre pensée ou votre passion,

D'être l'oiseau qui chante et la foudre qui gronde;
D'unir heureusement le rêve à l'action,
D'aimer et d'être aimé, de gagner quand on joue,
Et de donner un trône à son ambition;
D'arrêter, quand on veut, la fortune et sa roue,
Et de sentir, la nuit, quelque baiser royal
Se suspendre en tremblant aux fleurs de votre joue.
Ceuxlà sont peu nombreux dans notre âge fatal;
Polycrate aujourd'hui pourrait garder sa bague:
Nul bonheur insolent n'ose appeler le mal.
L'eau s'avance et nous gagne, et pas à pas la vague,

Montant les escaliers qui mènent à nos tours,
Mêle aux chants du festin son chant confus et vague.
Les phoques monstrueux, traînant leurs ventres lourds
Viennent jusqu'à la table, et leurs larges mâchoires
S'ouvrent avec des cris et des grognements sourds.
Sur les autels déserts des basiliques noires,
Les saints désespérés, et reniant leur Dieu,
S'arrachent à pleins poings, l'or chevelu des gloires.
Le soleil désolé, penchant son oeil de feu,
Pleure sur l'univers une larme sanglante;
L'ange dit à la terre un éternel adieu.
Rien ne sera sauvé, ni l'homme, ni la plante;

L'eau recouvrira tout: la montagne et la tour;
Car la vengeance vient, quoique boiteuse et lente.
Les plumes s'useront aux ailes du vautour,
Sans qu'il trouve une place où rebâtir son aire,
Et du monde vingt fois il refera le tour.
Puis il retombera dans cette eau solitaire
Où le rond de sa chute ira s'élargissant:

Alors tout sera dit pour cette pauvre terre.
Rien ne sera sauvé, pas même l'innocent.
Ce sera, cette fois, un déluge sans arche;
Les eaux seront les pleurs des hommes et leur sang.
Plus de mont Ararat où se pose, en sa marche,
Le vaisseau d'avenir qui cache en ses flancs creux
Les trois nouveaux Adams et le grand patriarche.
Entendezvous làhaut ces craquements affreux?

Le vieil Atlas lassé retire son épaule
Au lourd entablement de ce ciel ténébreux.
L'essieu du monde ploie ainsi qu'un brin de saule;
La terre ivre a perdu son chemin dans le ciel;
L'aimant déconcerté ne trouve plus son pôle.
Le Christ, d'un ton railleur, tord l'éponge de fiel
Sur les lèvres en feu du monde à l'agonie,
Et Dieu, dans son Delta, rit d'un rire cruel.
Quand notre passion seratelle finie?
Le sang coule avec l'eau de notre flanc ouvert;
La sueur rouge teint notre face jaunie.
Assez comme cela nous avons trop souffert.
De nos lèvres, Seigneur, détournez ce calice,
Car pour nous racheter votre fils s'est offert.
Christ n'y peut rien: il faut que le sort s'accomplisse;
Pour sauver ce vieux monde il faut un Dieu nouveau,
Et le prêtre demande un autre sacrifice.
Voici bien deux mille ans que l'on saigne l'agneau;
Il est mort à la fin, et sa gorge épuisée
N'a plus assez de sang pour teindre le couteau.
Le Dieu ne viendra pas. L'Eglise est renversée.

THÉBAIDE.

Mon rêve le plus cher et le plus caressé,
Le seul qui rie encor à mon coeur oppressé,
C'est de m'ensevelir au fond d'une chartreuse,
Dans une solitude inabordable, affreuse;
Loin, bien loin, tout làbas, dans quelque Sierra
Bien sauvage, où jamais voix d'homme ne vibra,
Dans la forêt de pins, parmi les âpres roches,
Où n'arrive pas même un bruit lointain de cloches;

Dans quelque Thébaïde, aux lieux les moins hantés,
Comme en cherchaient les saints pour leurs austérités;
Sous la grotte où grondait le lion de Jérôme,
Oui, c'est là que j'irais pour respirer ton baume
Et boire la rosée à ton calice ouvert,
O frêle et chaste fleur, qui crois dans le désert
Aux fentes du tombeau de l'Espérance morte!
De non coeur dépeuplé je fermerais la porte
Et j'y ferais la garde, afin qu'un souvenir
Du monde des vivants n'y pût pas revenir;

J'effacerais mon nom de ma propre mémoire;
Et de tous ces mots creux: Amour, Science et Gloire
Qu'aux jours de mon avril mon âme en fleur rêvait,
Pour y dormir ma nuit j'en ferais un chevet;
Car je sais maintenant que vaut cette fumée
Qu'audessus du néant pousse une renommée.
J'ai regardé de près et la science et l'art:
J'ai vu que ce n'était que mensonge et hasard;
J'ai mis sur un plateau de toile d'araignée
L'amour qu'en mon chemin j'ai reçue et donnée:
Puis sur l'autre plateau deux grains du vermillon
Impalpable, qui teint l'aile du papillon,

Et j'ai trouvé l'amour léger dans la balance.
Donc, reçois dans tes bras, ô douce somnolence,
Vierge aux pâles couleurs, blanche soeur de la mort,
Un pauvre naufragé des tempêtes du sort!
Exauce un malheureux qui te prie et t'implore,
Egraine sur son front le pavot inodore,
Abritele d'un pan de ton grand manteau noir,
Et du doigt clos ses yeux qui ne veulent plus voir.
Vous, esprits du désert, cependant qu'il sommeille,
Faites taire les vents et bouchez son oreille,
Pour qu'il n'entende pas le retentissement
Du siècle qui s'écroule, et ce bourdonnement

Qu'en s'en allant au but où son destin la mène
Sur le chemin du temps fait la famille humaine!
Je suis las de la vie et ne veux pas mourir;
Mes pieds ne peuvent plus ni marcher ni courir;

J'ai les talons usés de battre cette route
Qui ramène toujours de la science au doute.
Assez, je me suis dit, voilà la question.
Va, pauvre rêveur, cherche une solution
Claire et satisfaisante à ton sombre problème,
Tandis qu'Ophélia te dit tout haut: Je t'aime;
Mon beau prince danois marche les bras croisés,
Le front dans la poitrine et les sourcils froncés,
D'un pas lent et pensif arpente le théâtre,
Plus pâle que ne sont ces figures d'albâtre,

Pleurant pour les vivants sur les tombeaux des morts;
Épuise ta vigueur en stériles efforts,
Et tu n'arriveras, comme a fait Ophélie,
Qu'à l'abrutissement ou bien à la folie.
C'est à ce degrélà que je suis arrivé.
Je sens ployer sous moi mon génie énervé;

Je ne vis plus; je suis une lampe sans flamme,
Et mon corps est vraiment le cercueil de mon âme.
Ne plus penser, ne plus aimer, ne plus haïr,
Si dans un coin du coeur il éclot un désir,
Lui couper sans pitié ses ailes de colombe,
Être comme est un mort, étendu sous la tombe,
Dans l'immobilité savourer lentement,
Comme un philtre endormeur, l'anéantissement:

Voilà quel est mon voeu, tant j'ai de lassitude,
D'avoir voulu gravir cette côte âpre et rude,
Brocken mystérieux, où des sommets nouveaux
Surgissent tout à coup sur de nouveaux plateaux,
Et qui ne laisse voir de ses plus hautes cimes
Que l'esprit du vertige errant sur les abîmes.
C'est pourquoi je m'assieds au revers du fossé,
Désabusé de tout, plus voûté, plus cassé
Que ces vieux mendiants que jusques à la porte
Le chien de la maison en grommelant escorte.

C'est pourquoi, fatigué d'errer et de gémir,
Comme un petit enfant, je demande à dormir;
Je veux dans le néant renouveler mon être,

M'isoler de moimême et ne plus me connaître;
Et comme en un linceul, sans y laisser un seul pli,
Rester enveloppé dans mon manteau d'oubli.
J'aimerais que ce fût dans une roche creuse,
Au penchant d'une côte escarpée et pierreuse,
Comme dans les tableaux de Salvator Rosa,
Où le pied d'un vivant jamais ne se posa;
Sous un ciel vert, zébré de grands nuages fauves,
Dans des terrains galeux clairsemés d'arbres chauves,
Avec un horizon sans couronne d'azur,
Bornant de tous côtés le regard comme un mur,

Et dans les roseaux secs près d'une eau noire et plate
Quelque maigre héron debout sur une patte.
Sur la caverne, un pin, ainsi qu'un spectre en deuil
Qui tend ses bras voilés audessus d'un cercueil,
Tendrait ses bras en pleurs, et du haut de la voûte
Un maigre filet d'eau suintant goutte à goutte,
Marquerait par sa chute aux sons intermittents
Le battement égal que fait le coeur du temps.
Comme la Niobé qui pleurait sur la roche,
Jusqu'à ce que le lierre autour de moi s'accroche,
Je demeurerais là les genoux au menton,
Plus ployé que jamais, sous l'angle d'un fronton,
Ces Atlas accroupis gonflant leurs nerfs de marbre;
Mes pieds prendraient racine et je deviendrais arbre;

Les faons auprès de moi tondraient le gazon ras,
Et les oiseaux de nuit percheraient sur mes bras.
C'est là ce qu'il me faut plutôt qu'un monastère;
Un couvent est un port qui tient trop à la terre;
Ma nef tire trop d'eau pour y pouvoir entrer
Sans en toucher le fond et sans s'y déchirer.
Dût sombrer le navire avec toute sa charge,
J'aime mieux errer seul sur l'eau profonde et large.
Aux barques de pêcheur l'anse à l'abri du vent,
Aux simples naufragés de l'âme, le couvent.
A moi la solitude effroyable et profonde,
par dedans, par dehors!
Un couvent, c'est un monde;
On y pense, on y rêve, on y prie, on y croit:

La mort n'est que le seuil d'une autre vie; on voit
Passer au long du cloître une forme angélique;
La cloche vous murmure un chant mélancolique;
La Vierge vous sourit, le bel enfant Jésus
Vous tend ses petits bras de sa niche; audessus
De vos fronts inclinés, comme un essaim d'abeilles,
Volent les Chérubins en légions vermeilles.
Vous êtes tout espoir, tout joie et tout amour,
A l'escalier du ciel vous montez chaque jour;

L'extase vous remplit d'ineffables délices,
Et vos coeurs parfumés sont comme des calices;
Vous marchez entourés de célestes rayons
Et vos pieds après vous laissent d'ardents sillons!
Ah! grands voluptueux, sybarites du cloître,
Qui passez votre vie à voir s'ouvrir et croître
Dans le jardin fleuri de la mysticité,
Les pétales d'argent du lis de pureté,
Vrais libertins du ciel, dévots Sardanapales,
Vous, vieux moines chenus, et vous, novices pâles,

Foyers couverts de cendre, encensoirs ignorés,
Quel don Juan a jamais sous ses lambris dorés
Senti des voluptés comparables aux vôtres!
Auprès de vos plaisirs, quels plaisirs sont les nôtres!
Quel amant a jamais, à l'âge où l'oeil reluit,
Dans tout l'enivrement de la première nuit,
Poussé plus de soupirs profonds et pleins de flamme,
Et baisé les pieds nus de la plus belle femme

Avec la même ardeur que vous les pieds de bois
Du cadavre insensible allongé sur la croix!
Quelle bouche fleurie et d'ambroisie humide,
Vaudrait la bouche ouverte à son côté livide!
Notre vin est grossier; pour vous, au lieu de vin,
Dans un calice d'or perle le sang divin;
Nous usons notre lèvre au seuil des courtisanes,
Vous autres, vous aimez des saintes diaphanes,
Qui se parent pour vous des couleurs des vitreaux
Et sur vos fronts tondus, au détour des arceaux,
Laissent flotter le bout de leurs robes de gaze:

Nous n'avons que l'ivresse et vous avez l'extase.
Nous, nos contentements dureront peu de jours,
Les vôtres, bien plus vifs, doivent durer toujours.
Calculateurs prudents, pour l'abandon d'une heure,
Sur une terre où nul plus d'un jour ne demeure,

Vous achetez le ciel avec l'éternité.
Malgré ta règle étroite et ton austérité,
Maigre et jaune Rancé, tes moines taciturnes
S'entr'ouvrent à l'amour comme des fleurs nocturnes,
Une tête de mort grimaçante pour nous
Sourit à leur chevet du rire le plus doux;
Ils creusent chaque jour leur fosse au cimetière,
Ils jeûnent et n'ont pas d'autre lit qu'une bière,

Mais ils sentent vibrer sous leur suaire blanc,
Dans des transports divins, un coeur chaste et brûlant;
Ils se baignent aux flots de l'océan de joie,
Et sous la volupté leur âme tremble et ploie,
Comme fait une fleur sous une goutte d'eau,
Ils sont dignes d'envie et leur sort est trèsbeau;
Mais ils sont peu nombreux dans ce siècle incrédule
Creux qui font de leur âme une lampe qui brûle,

Et qui peuvent, baisant la blessure du Christ,
Croire que tout s'est fait comme il était écrit.
Il en est qui n'ont pas le don des saintes larmes,
Qui veillent sans lumière et combattent sans armes;
Il est des malheureux qui ne peuvent prier
Et dont la voix s'éteint quand ils veulent crier;
Tous ne se baignent pas dans la pure piscine
Et n'ont pas même part à la table divine:
Moi, je suis de ce nombre, et comme saint Thomas,
Si je n'ai dans la plaie un doigt, je ne crois pas.

Aussi je me choisis un antre pour retraite
Dans une région détournée et secrète
D'où l'on n'entende pas le rire des heureux
Ni le chant printanier des oiseaux amoureux,
L'antre d'un loup crevé de faim ou de vieillesse,
Car tout son m'importune et tout rayon me blesse,

Tout ce qui palpite, aime ou chante, me déplaît,
Et je hais l'homme autant et plus que ne le hait
Le buffle à qui l'on vient de percer la narine.
De tous les sentiments croulés dans la ruine,
Du temple de mon âme, il ne reste debout
Que deux piliers d'airain, la haine et le dégoût.

Pourtant je suis à peine au tiers de ma journée;
Ma tête de cheveux n'est pas découronnée;
A peine vingt épis sont tombés du faisceau:
Je puis derrière moi voir encor mon berceau.
Mais les soucis amers de leurs griffes arides
M'ont fouillé dans le front d'assez profondes rides
Pour en faire une fosse à chaque illusion.
Ainsi me voilà donc sans foi ni passion,

Désireux de la vie et ne pouvant pas vivre,
Et dès le premier mot sachant la fin du livre.
Car c'est ainsi que sont les jeunes d'aujourd'hui:
Leurs mères les ont faits dans un moment d'ennui.
Et qui les voit auprès des blancs sexagénaires
Plutôt que les enfants les estime les pères;
Ils sont venus au monde avec des cheveux gris;
Comme ces arbrisseaux frêles et rabougris
Qui, dès le mois de mai, sont pleins de feuilles mortes,
Ils s'effeuillent au vent, et vont devant leurs portes

Se chauffer au soleil à côté de l'aïeul,
Et du jeune et du vieux, à coup sûr, le plus seul,
Le moins accompagné sur la route du monde,
Hélas! c'est le jeune homme à tête brune ou blonde
Et non pas le vieillard sur qui l'âge a neigé;
Celui dont le navire est le plus allégé
D'espérance et d'amour, lest divin dont on jette
Quelque chose à la mer chaque jour de tempête,

Ce n'est pas le vieillard, dont le triste vaisseau
Va bientôt échouer à l'écueil du tombeau.
L'univers décrépit devient paralytique,
La nature se meurt, et le spectre critique
Cherche en vain sous le ciel quelque chose à nier.

Qu'attendstu donc, clairon du jugement dernier?
Dismoi, qu'attendstu donc, archange à bouche ronde
Qui dois sonner làhaut la fanfare du monde?
Toi, sablier du temps, que Dieu tient dans sa main,
Quand donc laisserastu tomber ton dernier grain?

ROCAILLE.

Connaissezvous dans le parc de Versailles,
Une Naïade, oeil vert et sein gonflé;
La belle habite un château de rocaille
D'ordre toscan et tout vermiculé.
Sur les coraux et sur les madrépores,
Toute l'année elle dort dans les joncs;
Dans le bassin, les grenouilles sonores,
Chantent en choeur et font mille plongeons.
La fête vient; la coquette Naïade
S'éveille en hâte et rajuste ses noeuds,
Se peigne et met ses habits de parade
Et des roseaux plus frais dans ses cheveux.
Elle descend l'escalier, et sa queue
En flots d'argent sur les marches la suit,
La raide étoffe à trame blanche et bleue,
A chaque pas derrière elle bruit.

PASTEL.

J'aime à vous voir en vos cadres ovales,
Portraits jaunis des belles du vieux temps,
Tenant en main des roses un peu pâles,
Comme il convient à des fleurs de cent ans.
Le vent d'hiver en vous touchant la joue
A fait mourir vos oeillets et vos lis,
Vous n'avez plus que des mouches de boue
Et sur les quais vous gisez tout salis.
Il est passé le doux règne des belles;
La Parabère avec la Pompadour
Ne trouveraient que des sujets rebelles,
Et sous leur tombe est enterré l'amour.
Vous, cependant, vieux portraits qu'on oublie,
Vous respirez vos bouquets sans parfums,

Et souriez avec mélancolie
Au souvenir de vos galants défunts.

VATTEAU.

Devers Paris, un soir, dans la campagne,
J'allais suivant l'ornière d'un chemin,
Seul avec moi, n'ayant d'autre compagne
Que ma douleur qui me donnait la main.
L'aspect des champs était sévère et morne,
En harmonie avec l'aspect des cieux,
Rien n'était vert sur la plaine sans borne,
Hormis un parc planté d'arbres trèsvieux.
Je regardai bien longtemps par la grille,
C'était un parc dans le goût de Vatteau;
Ormes fluets, ifs noirs, verte charmille,
Sentiers peignés et tirés au cordeau.
Je m'en allai, l'âme triste et ravie,
En regardant j'avais compris cela,
Que j'étais près du rêve de ma vie,
Que mon bonheur était enfermé là.

LE TRIOMPHE DE PLUTARQUE.

A Louis Boulanger.

Il faisait nuit dans moi, nuit sans lune, nuit sombre;
Je marchais en aveugle et tâtant le chemin,
Les deux bras en avant, le long des murs, dans l'ombre.
Mon conducteur céleste avait quitté ma main,
J'avais beau me tourner vers l'étoile polaire,
Un nuage éteignait ses prunelles d'or fin.
La bella, la diva, celle qui m'a su plaire,
La noble dame à qui j'ai donné mon amour,
Hélas! m'avait ôté son appui tutélaire.
Béatrix, dans les cieux, avait fui sans retour,
Et moi, resté tout seul au seuil du purgatoire,
Je ne pouvais voler aux lieux d'où vient le jour.
A coup sûr tu n'auras aucune peine à croire
Quel deuil j'avais au coeur et quel chagrin amer
D'être ainsi confiné dans la demeure noire.

Sur ma tête pesait la coupole de fer,
Et je sentais partout, comme une mer glacée,
Autour de mon essor prendre et se durcir l'air.
Mes efforts étaient vains, et ma triste pensée,
Comme fait dans sa cage un captif impuissant,
Fouettait le mur d'airain de son aile brisée.
Je montai l'escalier d'un pas lourd et pesant,

Et quand s'ouvrit la porte, un torrent de lumière
M'inonda de splendeur, tel qu'un flot jaillissant.
Sur mon oeil ébloui palpitait ma paupière
Comme une aile d'oiseau quand il va pour voler;
On m'eût pris, à me voir, pour un homme de pierre.
Je demeurai longtemps sans pouvoir te parler,
Plongeant mes yeux ravis au fond de ta peinture
Qu'un rayon de soleil faisait étinceler.
Comme sur un balcon, une riche tenture
Pendait du haut du ciel, un beau ton d'outremer
Plus vif que nul saphir dans l'écrin de nature.
Quelques nuages chauds, sous les frissons de l'air,

Se crêpaient mollement et faisaient une frange,
Aussi blonde que l'or au manteau de l'éther.
Sur le sable éclatant, plus jaune que l'orange,
Les grands pins balançant leur large parasol
Avec l'ombre agitaient leur silhouette étrange.
Une grêle de fleurs jonchait partout le sol,
Et l'on eût dit, au bout de leurs tiges pliantes,
Des papillons peureux suspendus dans leur vol.
Sous leurs robes d'azur aux lignes ondoyantes,
Le ciel et l'horizon dans un baiser charmant,
Fondaient avec amour leurs lèvres souriantes.
Le printemps parfumé, beau comme un jeune amant,
Avec ses bras de lis environnant la terre,

Aux avances des fleurs répondait doucement.
Afin de célébrer le solennel mystère,
La nature avait mis son plus riche manteau.
Les éléments joyeux faisaient trève à leur guerre.
O miracle de l'art! ô puissance du beau!
Je sentais dans mon coeur se redresser mon âme

Comme au troisième jour le Christ dans son tombeau.
L'ombre se dissipait. La belle et noble dame,
Tendant ses blanches mains du fond des cieux ouverts,
M'engageait à monter par l'escalier de flamme.
Les bouvreuils réjouis sifflaient leurs plus beaux airs,
Tout riait, tout chantait, tout palpitait des ailes,
Et les échos charmés disaient des fins de vers.
Beau cygne italien, roi des amours fidèles,
Poëte aux rimes d'or, dont le chant triste et doux
Semble un roucoulement de blanches tourterelles.
Figure à l'air pensif, et toujours à genoux;

Les mains jointes devant ton idole muette,
Te voilà donc vivante et revenue à nous!
Je te reconnais bien; oui, c'est bien toi, poëte,
Le camail écarlate encadre ton front pur
Et marque austèrement l'ovale de ta tête.
Tes yeux semblent chercher dans le fluide azur,
Les yeux clairs et luisants de ta maîtresse blonde,
Pour en faire un soleil qui rende l'autre obscur.
Car tu n'as qu'une idée et qu'un amour au monde;
Tout l'univers pour toi pivote sur un nom
Et le reste n'est rien que boue et fange immonde.

Sous le laurier mystique et le divin rayon,
Tu t'avances traîné par l'éclatant quadrige,
Entre la rêverie et l'inspiration.
Un choeur harmonieux autour de toi voltige,
C'est la chaste Uranie avec son globe bleu,
Penchant son front rêveur comme un lis sur sa tige,
Euterpe, Polymnie, un sein nu, l'oeil en feu,
C'est Clio belle et simple en son manteau sévère;
Tout le sacré troupeau qui te suit comme un dieu.
Les Grâces, dénouant leur ceinture légère,
Dansent derrière toi, sur le char triomphal;
A l'égal d'un César le monde te révère.
A ta suite l'on voit l'orgueilleux cardinal,
Comme un pavot qui brille à travers l'or des gerbes,
D'écarlate et d'hermine inonder son cheval.
Rien n'y manque... Seigneurs blasonnés et superbes,
Prêtres, marchands, soldats, professeurs, écoliers,

Les vieillards tout chenus, et les pages imberbes;
De beaux jeunes garçons et de blonds écuyers,
Soufflent allègrement aux bouches des trompettes
Et suspendent leurs bras aux crins blancs des coursiers.
Sur le devant du char les filles les mieux faites,
Les plus charmantes fleurs du jardin de beauté,
Font de leurs doigts de lis pleuvoir les violettes.

Tu viens du Capitole où César est monté;
Cependant tu n'as pas, ô bon François Pétrarque,
Mis pour ceinture au monde un fleuve ensanglanté.
Tu n'as pas, de tes dents, pour y laisser ta marque,
Comme un enfant mauvais, mordu ta ville au sein.
Tu n'as jamais flatté, ni peuple ni monarque.
Jamais on ne te vit, en guise de tocsin,
Sur l'Italie en feu faire hurler tes rimes,
Ton rôle fut toujours pacifique et serein.

Loin des cités, l'auberge et l'atelier des crimes,
Tu regardes, couché sous les grands lauriers verts,
Des Alpes tout là bas bleuir les hautes cimes.
Et penchant tes doux yeux sur la source aux flots clairs
Où flotte un blanc reflet de la robe de Laure;
Avec les rossignols tu gazouilles des vers.
Car toujours, dans ton coeur, vibre un écho sonore,
Et toujours sur ta bouche on entend palpiter
Quelque nid de sonnets éclos ou près d'éclore.
Rêveur harmonieux, tu fais bien de chanter,
C'est là le seul devoir que Dieu donne aux poëtes,
Et le monde à genoux les devrait écouter.
Lorsqu'Amphion chantait, du creux de leurs retraites,
Les tigres tachetés et les grands lions roux
Sortaient en balançant leurs monstrueuses têtes.
Les dragons s'en venaient d'un air timide et doux,

De leur langue d'azur lécher ses pieds d'ivoire,
Et les vents suspendaient leur vol et leur courroux.
Faire sortir les ours de leur caverne noire;
En agneaux caressants transformer les lions,
O poëtes! voilà la véritable gloire;
Et non pas de pousser à des rébellions

Tous ces mauvais instincts, bêtes fauves de l'âme,
Que l'on déchaîne au jour des révolutions.
Sur l'autel idéal, entretenez la flamme,
Guidez le peuple au bien par le chemin du beau,
Par l'admiration et l'amour de la femme;
Comme un vase d'albâtre où l'on cache un flambeau,
Mettez l'idée au fond de la forme sculptée
Et d'une lampe ardente éclairez le tombeau;
Que votre douce voix, de Dieu même écoutée,

Au milieu du combat jetant des mots de paix,
Fasse tomber les flots de la foule irritée.
Que votre poésie, aux vers calmes et frais,
Soit pour les coeurs souffrants, comme ces cours d'eau vive
Où vont boire les cerfs, dans l'ombre des forêts.
Faites de la musique avec la voix plaintive
De la création et de l'humanité,
De l'homme dans la ville et du flot sur la rive.
Puis, comme un beau symbole, un grand peintre vanté
Vous représentera dans une immense toile,
Sur un char triomphal par un peuple escorté.
Et vous aurez au front la couronne et l'étoile!

MELANCHOLIA.

J'aime les vieux tableaux de l'école allemande;
Les vierges sur fond d'or aux doux yeux en amande,
Pâles comme le lis, blondes comme le miel,
Les genoux sur la terre, et le regard au ciel,
Sainte Agnès, sainte Ursule et sainte Catherine,
Croisant leurs blanches mains sur leur blanche poitrine,
Les chérubins joufflus au plumage d'azur,
Nageant dans l'outremer sur un filet d'eau pur;
Les grands anges tenant la couronne et la palme;
Tout ce peuple mystique au front grave, à l'oeil calme,

Qui prie incessamment dans les Missels ouverts,
Et rayonne au milieu des lointains bleus et verts.
Oui, le dessin est sec et la couleur mauvaise,
Et ce n'est pas ainsi que peint Paul Véronèse:
Oui, le Sanzio pourrait plus gracieusement

Arrondir cette forme et ce linéament;
Mais il ne mettrait pas dans un si chaste ovale
Tant de simplicité pieuse et virginale;
Mais il ne prendrait pas, pour peindre ces beaux yeux,
Plus d'amour dans son coeur et plus d'azur aux cieux;

Mais il ne ferait pas sur ces tempes en ondes
Couler plus doucement l'or de ses tresses blondes.
Ses madones n'ont pas, empreint sur leur beauté,
Ce cachet de candeur et de sérénité.
Leur bouche rit souvent d'un sourire profane,
Et parfois sous la vierge on sent la courtisane,
On sent que Raphaël, lorsqu'il les dessina,
Avait, passé la nuit, chez la Fornarina.
Ces Allemands ont seuls fait de l'art catholique,
Ils ont parfaitement compris la Basilique;
Rien de grossier en eux, rien de matériel;
Leurs tableaux sont vraiment les purs miroirs du ciel.
Seuls ils ont le secret de ces divins sourires
Si frais, épanouis aux lèvres des martyres;
Seuls ils ont su trouver pour peupler les arceaux,
Pour les faire reluire aux mailles des vitraux,

Les vrais types chrétiens. Dépouillant le vieil homme,
Seuls ils ont abjuré les idoles de Rome.
Auprès d'Albert Durer Raphaël est païen:
C'est la beauté du corps, c'est l'art italien,
Cet enfant de l'art grec, sensuel et plastique,
Qui met entre les bras de la Vénus antique,
Au lieu de Cupidon, le divin Bambino;
Aucun d'eux n'est chrétien, ni Domenichino,
Ni le Caro Dolci, ni Corrége, ni Guide,
L'antiquité profane est le fil qui les guide;
Apollon sert de type à l'ange saint Michel;
Le Jupiter tonnant devient Père Éternel;

La tunique latine est taillée en étole,
Et l'on fait une église avec le Capitole.
J'en excepte pourtant Cimabué, Giotto,
Et les maîtres Pisans du vieux Campo Santo.
Ceuxlà ne peignaient pas en beaux pourpoints de soie,

Entre des cardinaux et des filles de joie;
Dans des villa de marbre, aux chansons des castrats,
Ceuxlà n'épousaient point des nièces de prélats.
C'étaient des ouvriers qui faisaient leur ouvrage,
Du matin jusqu'au soir, avec force et courage;
C'étaient des gens pieux et pleins d'austérité,
Sachant bien qu'icibas tout n'est que vanité;

Leur atelier à tous était le cimetière,
Ils peignaient, près des morts passant leur vie entière.
Puis, quand leurs doigts raidis laissaient choir les pinceaux,
On leur dressait un lit sous les sombres arceaux.
Ils dormaient là, couchés auprès de leur peinture,
Les mains jointes, tout droits, dans la même posture
De contemplation extatique où sont peints,
Sur les fresques du mur, leurs anges et leurs saints.
Ceuxlà ne faisaient pas de l'art une débauche,
Et leur oeuvre toujours, quoique barbare et gauche,

Même à nos yeux savants reluit d'une beauté
Toute jeune de charme et de naïveté.
Sur tous ces fronts pâlis, sous cet air de souffrance
Brille ineffablement quelque haute espérance;
L'on voit que tout ce peuple agenouillé n'attend
Pour revoler aux cieux que le suprême instant.
Dans ces tableaux, partout l'âme glorifiée
Foule d'un pied vainqueur la chair mortifiée;
L'ombre remplit le bas, le haut rayonne seul,
Et chaque draperie a l'aspect d'un linceul.

C'est que la vie alors de croyance était pleine,
C'est qu'on sentait passer dans l'air du soir l'haleine
De quelque ange attardé s'en retournant au ciel;
C'est que le sang du Christ teignait vraiment l'autel;
C'est qu'on était au temps de saint François d'Assise,
Et que sur chaque roche une cellule assise
Cachait un fou sublime, insensé de la Croix;
Le désert se peuplait de lueurs et de voix;
Dans toute obscurité rayonnait un mystère,
On aimait, et le ciel descendait sur la terre.
Gothique Albert Durer, oh! que profondément

Tu comprenais cela dans ton coeur d'Allemand!
Que de virginité, que d'onction divine
Dans ces pâles yeux bleus, où le ciel se devine!
Comme on sent que la chair n'est qu'un voile à l'esprit!
Comme sur tous ces fronts quelque chose est écrit,
Que nos peintres sans foi ne sauraient pas y mettre,
Et qui se lit partout dans ton oeuvre, ô grand maître!
C'est que tu n'avais pas, lui faisant double part,
D'autre amour dans le coeur que celui de ton art;

C'est que l'on ne dit pas, voyant aux galeries
L'ovale gracieux de tes belles Maries,
O mon chaste poëte! ô mon peintre chrétien!
Comme de Raphaël et comme de Titien,
Voici la Fornarine, ou bien la Muranèse.
Tout terrestre désir devant elle s'apaise,
Car tu ne t'en vas point, tout rempli de ton Dieu,
Emprunter ta madone à quelque mauvais lieu.
Tu ne t'accoudes pas sur les nappes rougies,
Tu ne fais pas soûler dans de sales orgies,
L'art, cet enfant du ciel sur le monde jeté
Pour que l'on crût encore à la sainte beauté.
Tu n'avais ni chevaux, ni meute, ni maîtresse;
Mais, le coeur inondé d'une austère tristesse,

Tu vivais pauvrement à l'ombre de la Croix,
En Allemand naïf, en honnête bourgeois,
Tapi comme un grillon dans l'âtre domestique;
Et ton talent caché, comme une fleur mystique,
Sous les regards de Dieu, qui seul le connaissait,
Répandait ses parfums et s'épanouissait.
Il me semble te voir au coin de ta fenêtre
Étroite, à vitraux peints, dans ton fauteuil d'ancêtre.
L'ogive encadre un fond bleuissant d'outremer,
Comme dans tes tableaux; ô vieil Albert Durer!
Nuremberg sur le ciel dresse ses mille flèches,
Et découpe ses toits aux silhouettes sèches,
Toi, le coude au genou, le menton dans la main,
Tu rêves tristement au pauvre sort humain:
Que pour durer si peu la vie est bien amère,
Que la science est vaine et que l'art est chimère,

Que le Christ, à l'éponge, a laissé bien du fiel,
Et que tout n'est pas fleurs dans le chemin du ciel;
Et l'âme d'amertume et de dégoût remplie,
Tu t'es peint, ô Durer! dans ta mélancolie,
Et ton génie en pleurs te prenant en pitié,
Dans sa création t'a personnifié.
Je ne sais rien qui soit plus admirable au monde,
Plus plein de rêverie et de douleur profonde

Que ce grand ange assis, l'aile ployée au dos,
Dans l'immobilité du plus complet repos.
Son vêtement drapé d'une façon austère,
Jusqu'au bout de son pied s'allonge avec mystère;
Son front est couronné d'ache et de nénuphar;
Le sang n'anime pas son visage blafard;
Pas un muscle ne bouge: on dirait que la vie
Dont on vit en ce monde à ce corps est ravie,
Et pourtant l'on voit bien que ce n'est pas un mort.
Comme un serpent blessé son noir sourcil se tord,
Son regard dans son oeil brille comme une lampe,
Et convulsivement sa main presse sa tempe.

Sans ordre autour de lui mille objets sont épars,
Ce sont des attributs de sciences et d'arts;
La règle et le marteau, le cercle emblématique,
Le sablier, la cloche et la table mystique,
Un mobilier de Faust, plein de choses sans nom;
Cependant c'est un ange et non pas un démon.
Ce gros trousseau de clefs qui pend à sa ceinture,
Lui sert à crocheter les secrets de nature.
Il a touché le fond de tout savoir humain;
Mais comme il a toujours, au bout de tout chemin,
Trouvé les mêmes yeux qui flamboyaient dans l'ombre,
Qu'il a monté l'échelle aux échelons sans nombre,

Il est triste; et son chien, de le suivre lassé,
Dort à côté de lui, tout vieux et tout cassé.
Dans le fond du tableau, sur l'horizon sans borne,
Le vieux père Océan lève sa face morne,
Et dans le bleu cristal de son profond miroir,
Réfléchit les rayons d'un grand soleil tout noir.

Une chauvesouris, qui d'un donjon s'envole,
Porte écrit dans son aile ouverte en banderolle:
MÉLANCOLIE. Au bas, sur une meule assis,
Est un enfant dont l'oeil, voilé sous de longs cils,
Laisse le spectateur dans le doute s'il veille,
Ou si, bercé d'un rêve, en luimême il sommeille.
Voilà comme Durer, le grand maître allemand,
Philosophiquement et symboliquement,
Nous a représenté, dans ce dessin étrange,
Le rêve de son coeur sous une forme d'ange.

Notre mélancolie, à nous, n'est pas ainsi;
Et nos peintres la font autrement. La voici:
C'est une jeune fille et frêle et maladive,
Penchant ses beaux yeux bleus au bord de quelque rive,
Comme un wergeismeinnicht que le vent a courbé;
Sa coiffure est défaite, et son peigne est tombé,
Ses blonds cheveux épars coulent sur son épaule,
Et se mêlent dans l'onde aux verts cheveux du saule;
Les larmes de ses yeux vont grossir le ruisseau,
Et troublent, en tombant, sa figure dans l'eau.
La brise à plis légers fait voler son écharpe,
Et vibrer en passant les cordes de sa harpe;

Un album, un roman près d'elle sont ouverts:
Car la mode la suit jusque dans ses déserts.
Notre Mélancolie est petitemaîtresse,
Elle prend des grands airs, elle fait la princesse;
Elle met des gants blancs et des chapeaux d'Herbault;
Elle est née, et ne voit que des gens comme il faut;
Son groom ne pèse pas plus de soixante livres;
C'est une Philaminte, elle lit tous les livres,
Cause fort bien musique, et peinture pas mal;
Elle suit l'Opéra, ne manque pas un bal;
Poitrinaire tout juste assez pour être artiste,
Elle a toujours en main un mouchoir de batiste.
On ne la verra pas enterrer tristement
Dans quelque Sierra son teint pâle et charmant,
Ses grâces de malade et ses petites mines;
Ni sous les noirs arceaux d'un couvent en ruines,
Promener loin du bruit ses méditations:

Il faut à ses douleurs la rampe et les lampions,
Il faut que les journaux en puissent rendre compte;
Chaque pleur de ses yeux se cristallise en conte;
Avec chaque soupir elle souffle un roman;
Elle meurt; mais ce n'est que littérairement.

Un frais cottage anglais, voilà sa Thébaïde;
Et si son front de nacre est coupé d'une ride,
Ce n'est pas, croyezmoi, qu'elle songe à la mort:
Pour craindre quelque chose elle est trop esprit fort.
Mais c'est que de Paris une robe attendue
Arrive chiffonnée et de taches perdue.
Ah! quelle différence, et que près de ces vieux
Nous paraissons mesquins! Le sang de nos aïeux,

Montez, vous trouverez la neige froide et blanche,
Et l'hiver grelottant qui pousse l'avalanche.
Nous sommes le Gemmi, le reflet du passé
Brille encor sur nos fronts. Ce reflet effacé,
Il ne restera plus qu'une neige incolore;
Demain, sur le Gemmi, se lèvera l'aurore,
Les glaciers de nouveau se mettront à fumer,
Et l'incendie éteint pourra se rallumer;
Mais, hélas! il n'est pas pour nous d'aube nouvelle,
Et la nuit qui nous vient est la nuit éternelle.
De nos cieux dépeuplés il ne descendra pas
Un ange aux ailes d'or pour nous prendre en ses bras,
Et le siècle futur s'asseyant sur la pierre
De notre siècle, à nous, et la voyant entière,
Joyeux, ne dira pas: il est ressuscité;
Et dans sa gloire au ciel, comme Christ remonté.

NIOBÉ.

Sur un quartier de roche, un fantôme de marbre,
Le menton dans la main et le coude au genou,
Les pieds pris dans le sol, ainsi que des pieds d'arbre,
Pleure éternellement sans relever le cou.
Quel chagrin pèse donc sur ta tête abattue?
A quel puits de douleur tes yeux puisentils l'eau?

Et que souffrestu donc dans ton coeur de statue,
Pour que ton sein sculpté soulève ton manteau?
Tes larmes en tombant du coin de ta paupière,
Goutte à goutte, sans cesse et sur le même endroit,
Ont fait dans l'épaisseur de ta cuisse de pierre
Un creux où le bouvreuil trempe son aile et boit.
O symbole muet de l'humaine misère,
Niobé sans enfants, mère des sept douleurs,
Assise sur l'Athos ou bien sur le Calvaire;
Quel fleuve d'Amérique est plus grand que tes pleurs?

CARIATIDES.

Un sculpteur m'a prêté l'oeuvre de MichelAnge,
La chapelle sixtine et le grand jugement;
Je restai stupéfait à ce spectacle étrange
Et me sentis ployer sous mon étonnement.
Ce sont des corps tordus dans toutes les postures,
Des faces de lion avec des cols de boeuf,
Des chairs comme du marbre et des musculatures
A pouvoir d'un seul coup rompre un câble tout neuf.
Rien ne pèse sur eux, ni coupole ni voûtes,
Pourtant leurs nerfs d'acier s'épuisent en efforts,
La sueur de leurs bras semble pleuvoir en gouttes;
Qui donc les courbe ainsi puisqu'ils sont aussi forts?
C'est qu'ils portent un poids à fatiguer Alcide;
Ils portent ta pensée, ô maître, sur leurs dos,
Sous un entablement, jamais Cariatide
Ne tendit son épaule à de plus lourds fardeaux.

LA CHIMÈRE.

Une jeune chimère, aux lèvres de ma coupe,
Dans l'orgie, a donné le baiser le plus doux
Elle avait les yeux verts, et jusque sur sa croupe
Ondoyait en torrent l'or de ses cheveux roux.
Des ailes d'épervier tremblaient à son épaule;
La voyant s'envoler je sautai sur ses reins;
Et faisant jusqu'à moi ployer son cou de saule,
J'enfonçai comme un peigne une main dans ses crins.
Elle se démenait, hurlante et furieuse,
Mais en vain. Je broyais ses flancs dans mes genoux;

Alors elle me dit d'une voix gracieuse,
Plus claire que l'argent: Maître, où donc allonsnous?
Pardelà le soleil et pardelà l'espace,
Où Dieu n'arriverait qu'après l'éternité;
Mais avant d'être au but ton aile sera lasse:
Car je veux voir mon rêve en sa réalité.

LA DIVA.

On donnait à Favart Mosé. Tamburini,
Le basso cantante, le ténor Rubini,
Devaient jouer tous deux dans la pièce; et la salle
Quand on l'eût élargie et faite colossale,
Grande comme SaintCharle ou comme la Scala,
N'aurait pu contenir son public ce soirlà.
Moi, plus heureux que tous, j'avais tout à connaître,
Et la voix des chanteurs et l'ouvrage du maître.
Aimant peu l'opéra, c'est hasard si j'y vais,
Et je n'avais pas vu le Moïse français;
Car notre idiome, à nous, rauque et sans prosodie,
Fausse toute musique; et la note hardie,
Contre quelque mot dur se heurtant dans son vol,
Brise ses ailes d'or et tombe sur le sol.
J'étais là, les deux bras en croix sur la poitrine,
Pour contenir mon coeur plein d'extase divine;
Mes artères chantant avec un sourd frisson,
Mon oreille tendue et buvant chaque son,
Attentif, comme au bruit de la grêle fanfare,
Un cheval ombrageux qui palpite et s'effare;
Toutes les voix criaient, toutes les mains frappaient,
A force d'applaudir les gants blancs se rompaient;
Et la toile tomba. C'était le premier acte.
Alors je regardai; plus nette et plus exacte,
A travers le lorgnon dans mes yeux moins distraits,
Chaque tête à son tour passait avec ses traits.
Certes, sous l'éventail et la grille dorée,
Roulant, dans leurs doigts blancs la cassolette ambrée,
Au reflet des joyaux, au feu des diamants,
Avec leurs colliers d'or et tous leurs ornements,
J'en vis plus d'une belle et méritant éloge,
Du moins je le croyais, quand au fond d'une loge

J'aperçus une femme. Il me sembla d'abord,
La loge lui formant un cadre de son bord,

Que c'était un tableau de Titien ou Giorgione,
Moins la fumée antique et moins le vernis jaune,
Car elle se tenait dans l'immobilité,
Regardant devant elle avec simplicité,
La bouche épanouie en un demisourire,
Et comme un livre ouvert son front se laissant lire;
Sa coiffure était basse, et ses cheveux moirés
Descendaient vers sa tempe en deux flots séparés.
Ni plumes, ni rubans, ni gaze, ni dentelle;
Pour parure et bijoux, sa grâce naturelle;

Pas d'oeillade hautaine ou de grand air vainqueur,
Rien que le repos d'âme et la bonté de coeur.
Au bout de quelque temps, la belle créature,
Se lassant d'être ainsi, prit une autre posture:
Le col un peu penché, le menton sur la main,
De façon à montrer son beau profil romain,
Son épaule et son dos aux tons chauds et vivaces
Où l'ombre avec le clair flottaient par larges masses.
Tout perdait son éclat, tout tombait à côté
De cette virginale et sereine beauté;
Mon âme tout entière à cet aspect magique,
Ne se souvenait plus d'écouter la musique,
Tant cette morbidezze et ce laisseraller
Était chose charmante et douce à contempler,
Tant l'oeil se reposait avec mélancolie
Sur ce pâle jasmin transplanté d'Italie.
Moins épris des beaux sons qu'épris des beaux contours
Même au parlar Spiegar, je regardai toujours;
J'admirais à part moi la gracieuse ligne
Du col se repliant comme le col d'un cygne,
L'ovale de la tête et la forme du front,
La main pure et correcte, avec le beau bras rond;
Et je compris pourquoi, s'exilant de la France,
Ingres fit si longtemps ses amours de Florence.
Jusqu'à ce jour j'avais en vain cherché le beau;
Ces formes sans puissance et cette fade peau

Sous laquelle le sang ne court, que par la fièvre
Et que jamais soleil ne mordit de sa lèvre;
Ce dessin lâche et mou, ce coloris blafard
M'avaient fait blasphémer la sainteté de l'art.
J'avais dit: l'art est faux, les rois de la peinture
D'un habit idéal revêtent la nature.
Ces tons harmonieux, ces beaux linéaments,
N'ont jamais existé qu'aux cerveaux des amants,

J'avais dit, n'ayant vu que la laideur française,
Raphaël a menti comme Paul Véronèse!
Vous n'avez pas menti, non, maîtres; voilà bien
Le marbre grec doré par l'ambre italien
L'oeil de flamme, le teint passionnément pâle,
Blond comme le soleil, sous son voile de hâle,
Dans la mate blancheur, les noirs sourcils marqués,
Le nez sévère et droit, la bouche aux coins arqués,
Les ailes de cheveux s'abattant sur les tempes;
Et tous les nobles traits de vos saintes estampes,

Non, vous n'avez pas fait un rêve de beauté,
C'est la vie ellemême et la réalité.
Votre Madone est là; dans sa loge elle pose,
Près d'elle vainement l'on bourdonne et l'on cause;
Elle reste immobile et sous le même jour,
Gardant comme un trésor l'harmonieux contour.
Artistes souverains, en copistes fidèles,
Vous avez reproduit vos superbes modèles!
Pourquoi découragé par vos divins tableaux,
Aije, enfant paresseux, jeté là mes pinceaux,
Et pris pour vous fixer le crayon du poëte,
Beaux rêves, obsesseurs de mon âme inquiète,
Doux fantômes bercés dans les bras du désir,
Formes que la parole en vain cherche à saisir!
Pourquoi lassé trop tôt dans une heure de doute,
Peinture bienaimée, aije quitté ta route!
Que peuvent tous nos vers pour rendre la beauté,
Que peuvent de vains mots sans dessin arrêté,
Et l'épithète creuse et la rime incolore.
Ah! combien je regrette et comme je déplore
De ne plus être peintre, en te voyant ainsi

A Mosé, dans ta loge, ô Julia Grisi!

APRÈS LE BAL.

Adieu, puisqu'il le faut; adieu, belle nuit blanche,
Nuit d'argent, plus sereine et plus douce qu'un jour!
Ton page noir est là, qui, le poing sur la hanche,
Tient ton cheval en bride et t'attend dans la cour.
Aurora, dans le ciel que brunissaient tes voiles,
Entr'ouvre ses rideaux avec ses doigts rosés;
O nuit, sous ton manteau tout parsemé d'étoiles,
Cache tes bras de nacre au vent froid exposés.
Le bal s'en va finir. Renouez, heures brunes,
Sur vos fronts parfumés vos longs cheveux de jais,
N'entendezvous pas l'aube aux rumeurs importunes,
Qui halète à la porte et souffle son air frais.

Le bal est enterré. Cavaliers et danseuses,
Sur la tombe du bal, jetez à pleines mains
Vos colliers défilés, vos parures soyeuses,
Vos dahlias flétris et vos pâles jasmins.
Maintenant c'est le jour. La veille après le rêve;
La prose après les vers: c'est le vide et l'ennui;
C'est une bulle encor qui dans les mains nous crève,
C'est le plus triste jour de tous; c'est aujourd'hui.
O Temps! que nous voulons tuer et qui nous tues,
Vieux portefaux, pourquoi vastu traînant le pied,
D'un pas lourd et boiteux, comme vont les tortues,
Quand sur nos fronts blêmis le spleen anglais s'assied.
Et lorsque le bonheur nous chante sa fanfare,
Vieillard malicieux, dismoi, pourquoi courstu
Comme devant les chiens court un cerf qui s'effare,
Comme un cheval que fouille un éperon pointu?
Hier, j'étais heureux. J'étais. Mot doux et triste!
Le bonheur est l'éclair qui fuit sans revenir.
Hélas! et pour ne pas oublier qu'il existe,
Il le faut embaumer avec le souvenir.
J'étais. Je ne suis plus. Toute la vie humaine
Résumée en deux mots, de l'onde et puis du vent.
Mon Dieu! n'estil donc pas de chemin qui ramène

Au bonheur d'autrefois regretté si souvent.
Derrière nous le sol se crevasse et s'effondre.
Nul ne peut retourner. Comme un maigre troupeau
Que l'on mène au boucher, ne pouvant plus le tondre,
La vieille Mob nous pousse à grand train au tombeau.
Certe, en mes jeunes ans, plus d'un bal doit éclore,
Plein d'or et de flambeaux, de parfums et de bruit,
Et mon coeur effeuillé peut refleurir encore;
Mais ce ne sera pas mon bal de l'autre nuit.
Car j'étais avec toi. Tous deux seuls dans la foule,
Nous faisant dans notre âme une chaste Oasis,
Et, comme deux enfants au bord d'une eau qui coule,

Voyant onder le bal, l'un contre l'autre assis.
Je ne pouvais savoir, sous le satin du masque,
De quelle passion ta figure vivait,
Et ma pensée, au vol amoureux et fantasque,
Réalisait, en toi, tout ce qu'elle rêvait.
Je nuançais ton front des pâleurs de l'agate,
Je posais sur ta bouche un sourire charmant,
Et sur ta joue en fleur, la pourpre délicate
Qu'en s'envolant au ciel laisse un baiser d'amant.
Et peutêtre qu'au fond de ta noire prunelle,
Une larme brillait au lieu d'éclair joyeux,
Et, comme sous la terre une onde qui ruisselle,
S'écoulait sous le masque invisible à mes yeux.
Peutêtre que l'ennui tordait ta lèvre aride,
Et que chaque baiser avait mis sur ta peau,
Au lieu de marque rose, une tache livide
Comme on en voit aux corps qui sont dans le tombeau.
Car si la face humaine est difficile à lire,
Si déjà le front nu ment à la passion,
Qu'estce donc, quand le masque est double? Comment dire
Si vraiment la pensée est soeur de l'action?
Et cependant, malgré cette pensée amère,
Tu m'as laissé, cher bal, un souvenir charmant;
Jamais rêve d'été, jamais blonde chimère,
Ne m'ont entre leurs bras bercé plus mollement.
Je crois entendre encor tes rumeurs étouffées,
Et voir devant mes yeux, sous ta blanche lueur,
Comme au sortir du bain, les péris et les fées,

Luire des seins d'argent et des cols en sueur.
Et je sens sur ma bouche une amoureuse haleine,
Passer et repasser comme une aile d'oiseau,
Plus suave en odeur que n'est la marjolaine
Ou le muguet des bois, au temps du renouveau.
O nuit! aimable nuit! soeur de Luna la blonde,
Je ne veux plus servir qu'une déesse au ciel,
Endormeuse des maux et des soucis du monde,
J'apporte à ta chapelle un pavot et du miel.
Nuit, mère des festins, mère de l'allégresse,
Toi qui prêtes le pan de ton voile à l'amour,
Faismoi, sous ton manteau, voir encor ma maîtresse,
Et je brise l'autel d'Apollo, dieu du jour.

TOMBÉE DU JOUR.

Le jour tombait, une pâle nuée,
Du haut du ciel laissait nonchalamment
Dans l'eau du fleuve à peine remuée,
Tremper les plis de son blanc vêtement.
La nuit parut, la nuit morne et sereine,
Portant le deuil de son frère le jour,
Et chaque étoile à son trône de reine,
En habits d'or s'en vint faire sa cour.
On entendait pleurer les tourterelles,
Et les enfants rêver dans leurs berceaux,
C'était dans l'air comme un frôlement d'aile,
Comme le bruit d'invisibles oiseaux.
Le ciel parlait à voix basse à la terre,
Comme au vieux temps ils parlaient en hébreu,
Et répétaient un acte du mystère;
Je n'y compris qu'un seul mot: c'était Dieu.

LA DERNIÈRE FEUILLE.

Dans la forêt chauve et rouillée,
Il ne reste plus au rameau
Qu'une pauvre feuille oubliée,
Rien qu'une feuille et qu'un oiseau.
Il ne reste plus dans mon âme
Qu'un seul amour pour y chanter,

Mais le vent d'automne qui brame,
Ne permet pas de l'écouter.
L'oiseau s'en va, la feuille tombe,
L'amour s'éteint, car c'est l'hiver;
Petit oiseau, viens sur ma tombe,
Chanter, quand l'arbre sera vert!

LE TROU DU SERPENT.

Au long des murs, quand le soleil y donne,
Pour réchauffer mon vieux sang engourdi;
Avec les chiens, auprès du lazarrone,
Je vais m'étendre à l'heure de midi.
Je reste là sans rêve et sans pensée,
Comme un prodigue à son dernier écu,
Devant ma vie, aux trois quarts dépensée,
Déjà vieillard et n'ayant pas vécu.
Je n'aime rien, parce que rien ne m'aime,
Mon âme usée abandonne mon corps,
Je porte en moi le tombeau de moimême,
Et suis plus mort que ne sont bien des morts.
Quand le soleil s'est caché sous la nue,
Devers mon trou, je me traîne en rampant,
Et jusqu'au fond de ma peine inconnue,
Je me retire aussi froid qu'un serpent.